La increíble historia de...

M

David Walliams

La increíble historia de los...

AMIGOS
DE
MEDIANOCHE

Ilustraciones de
Tony Ross

Traducción de
Rita da Costa

Montena

Papel certificado por el Forest Stewardship Council®

MIXTO
Papel procedente de
fuentes responsables
FSC® C117695

Penguin
Random House
Grupo Editorial

Título original: *The Midnight Gang*

Primera edición: abril de 2017
Séptima reimpresión: septiembre de 2022

Publicado originalmente en el Reino Unido por HarperCollins Children's Books,
una división de HarperCollins Publishers Ltd.

Printed in Spain – Impreso en España

ISBN: 978-84-9043-774-2
Depósito legal: B-4.881-2017

Compuesto en Compaginem Llibres, S. L.
Impreso en Limpergraf
Barberà del Vallès (Barcelona)

GT 3 7 7 4 C

Para Wendy y Henry, dos grandes lectores
y futuros escritores

AGRADECIMIENTOS

Me gustaría dar las gracias a:

ILUSTRADOR
TONY ROSS

EDITORA
ANN-JANINE MURTAGH

DIRECTOR DE HARPER COLLINS
CHARLIE REDMAYNE

AGENTE LITERARIO
PAUL STEVENS

MI CORRECTORA
ALICE BLACKER

DIRECTORA EDITORIAL
KATE BURNS

EDITORA JEFA
SAMANTHA STEWART

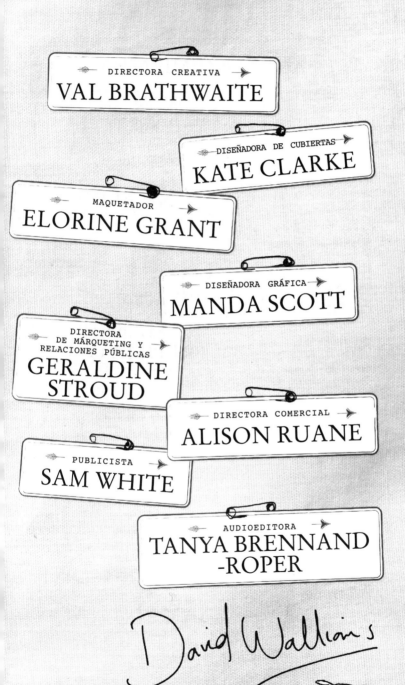

DIRECTORA CREATIVA
VAL BRATHWAITE

DISEÑADORA DE CUBIERTAS
KATE CLARKE

MAQUETADOR
ELORINE GRANT

DISEÑADORA GRÁFICA
MANDA SCOTT

DIRECTORA
DE MÁRQUETING Y
RELACIONES PÚBLICAS
GERALDINE STROUD

DIRECTORA COMERCIAL
ALISON RUANE

PUBLICISTA
SAM WHITE

AUDIOEDITORA
TANYA BRENNAND -ROPER

David Walliams

GIRAR EN EL SENTIDO DE LA FLECHA

Bienvenidos al mundo de los Amigos de Medianoche.

Esto de aquí es el **HOSPITAL LORD MILLONETI** de Londres, Inglaterra. Se construyó mucho tiempo atrás, y hace mucho que debería haberse demolido. El hospital lleva el nombre de su fundador, el difunto lord Milloneti.

HOSPITAL LORD MILLONETI

GIRAR EN EL SENTIDO DE LA FLECHA

Echémosle un vistazo por dentro.

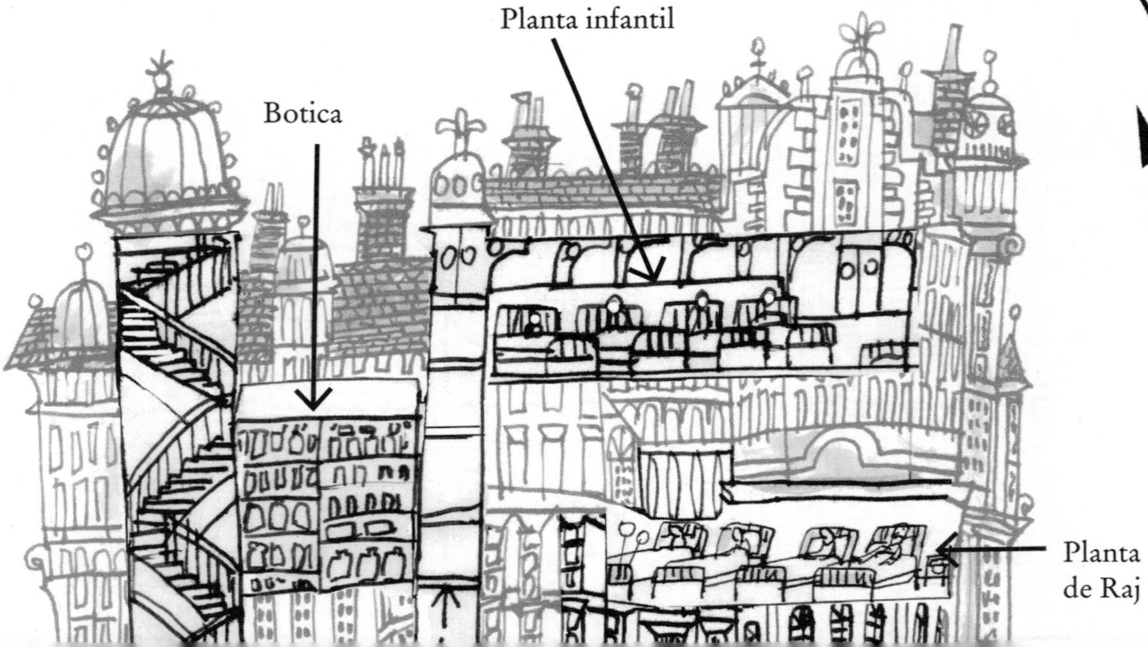

Planta infantil

Botica

Planta de Raj

Planta
de Nelly

Despacho
del señor
Peripuesto

Sótano

Tienda
de regalos

He aquí a los pacientes de la sala de pediatría, situada en la última planta del hospital, en el piso 44.

Este de aquí es Tom. Tiene doce años y va a un internado para niños ricos. Se ha hecho daño en la cabeza.

Amber también tiene doce años. Se ha roto los dos brazos y las dos piernas, por lo que tendrá que ir en silla de ruedas durante una buena temporada.

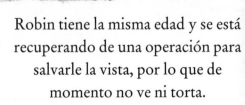

Robin tiene la misma edad y se está recuperando de una operación para salvarle la vista, por lo que de momento no ve ni torta.

George tiene once años y es un *cockney*,
como se conocen los habitantes del popular
barrio londinense del East End. Lo acaban de
operar de las amígdalas y se está recuperando.

Sally solo tiene diez años y
es la más joven del grupo.
Está muy enferma, así que
pasa mucho tiempo
durmiendo.

Más abajo, en una de las plantas de adultos, está la paciente más vieja del hospital: Nelly, que tiene noventa y nueve años.

En el **HOSPITAL LORD MILLONETI** trabajan cientos de personas, entre las que se incluyen:

El camillero. Un personaje solitario cuyo verdadero nombre es un misterio. Su trabajo consiste en trasladar a pacientes y toda clase de objetos de aquí para allá en el hospital, del que nunca parece ausentarse.

La enfermera jefe. Pese a dirigir la planta infantil, no soporta a los niños.

El doctor Pardillo acaba de salir de la facultad, por lo que no resulta demasiado difícil engañarlo.

Lupita es la encargada del comedor. Con su carrito, reparte la comida a todos los pacientes.

La señora Recia es una enfermera de aspecto fatigado que no recuerda la última vez que tuvo una noche libre.

Perla trabaja limpiando en el hospital. Siempre se sabe dónde ha limpiado porque deja a su paso un rastro de ceniza de tabaco.

El señor Merluzo es el anciano farmacéutico del hospital. Lleva un audífono y gafas de culo de botella. El señor Merluzo dirige la botica del hospital.

El señor Peripuesto, un caballero de
buena familia, es el director del hospital.
Nada ni nadie escapa a su control.

Más allá del hospital tenemos al señor Rancio,
director del **_internado masculino San
Guijuela_**, la escuela de Tom.

A medianoche
todos los niños
están
profundamente dormidos...

¡salvo, claro está,
los Amigos
de Medianoche!
A esa hora, sus
aventuras
no han hecho más que
empezar.

CAPÍTULO 1

MITAD HOMBRE, MITAD MONSTRUO

—¡Aaarrrggghhh! —chilló el chico.

Tenía ante sí la cara más monstruosa que había visto jamás. Era un rostro humano, pero estaba todo desfigurado. Un lado era más grande de lo normal, y el otro era más pequeño. La cara sonrió como si pretendiera tranquilizar al chico, pero al hacerlo descubrió una hilera de dientes rotos y picados, con lo que solo consiguió asustarlo aún más.

—¡¡¡Aaarrrrrrggghhh!!! —volvió a chillar el chico.

—Se va a poner usted bien, joven. Trate de relajarse —dijo el hombre, arrastrando las palabras.

Su forma de hablar era tan rara como su cara.

¿Quién era aquel hombre, y adónde lo llevaba?

Solo entonces comprendió el chico que estaba tumbado boca arri-

ba, mirando al techo. Se sintió casi como si flotara, pero notaba un **traqueteo** bajo el cuerpo. De hecho, todo él **traqueteaba**. Comprendió que debía de estar acostado en una camilla. Una camilla con las ruedas torcidas.

Las preguntas se atropellaban en su mente.

¿Dónde estaba?

¿Cómo había llegado hasta allí?

¿Por qué no recordaba nada?

Y lo más importante de todo: ¿quién era aquel ser aterrador, mitad hombre, mitad monstruo?

La camilla avanzaba despacio por el largo pasillo. El chico creyó oír algo barriendo el suelo. Sonaba como el *chirrido* de una suela de zapato.

Miró hacia abajo. El hombre cojeaba. Tal como le pasaba en el rostro, un lado de su cuerpo era más pequeño que el otro, por lo que avanzaba arrastrando la pierna atrofiada. Daba la impresión de que cada paso le resultaba doloroso.

¡PAM!

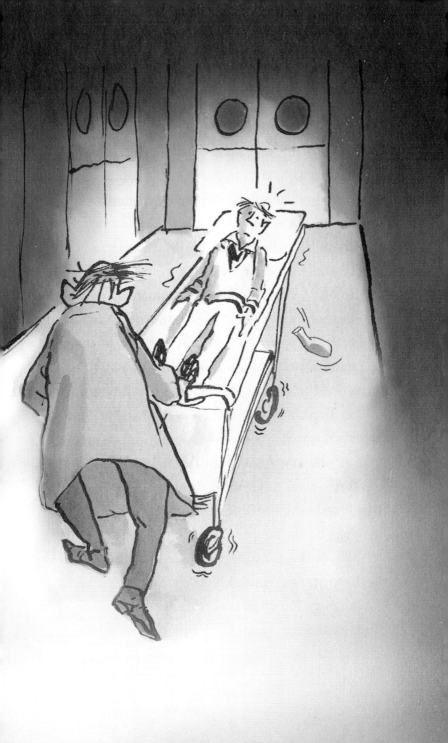

Las dos grandes hojas de una puerta de vaivén se abrieron y la camilla entró despacio en una habitación, donde se detuvo. Una vez allí, el hombre corrió una cortina alrededor del chico.

—Espero que el traslado no le haya resultado demasiado incómodo, señor —dijo el hombre. El muchacho pensó que era curioso que lo trataran de usted. En su internado la palabra «señor» estaba reservada a los profesores—. Espere aquí un momento. Yo solo soy el camillero. Iré a llamar a la enfermera. ¡Enfermera!

Estando allí tumbado, el chico tuvo la extraña sensación de haberse desconectado de su propio cuerpo. Lo notaba insensible, como si no le perteneciera, excepto por la cabeza, donde se concentraba todo el dolor. Parecía que le fuera a estallar. La notaba caliente. Si aquella sensación tuviera color, sería roja.

De un rojo escarlata, brillante, rabioso.

El dolor era tan intenso que cerró los ojos.

Cuando los abrió, comprendió que estaba mirando una deslumbrante lámpara fluorescente. Aquel resplandor hacía que le doliera más aún la cabeza.

Entonces oyó un ruido de pasos.

Alguien descorrió la cortina.

Una señora grandota de mediana edad, con uniforme blanquiazul y una cofia en la cabeza, se inclinó sobre él para examinarle la cabeza. La mujer tenía profundas ojeras bajo los ojos enrojecidos, y una mata de pelo canoso apelmazado sobre la cabeza. La piel de su rostro se veía áspera e irritada, como si se la hubiese frotado con un rallador de queso. Resumiendo, tenía el aspecto de alguien que llevaba una semana sin pegar ojo y que, por tanto, estaba de un humor de perros.

—¡Santo cielo! Madre mía, madre mía... —musitó la mujer, sin dirigirse a nadie en particular.

Aturdido como estaba, el chico tardó unos instantes en darse cuenta de que era una enfermera.

Por fin comprendió dónde estaba. En un hospital. Nunca había estado en un hospital, salvo el día en que nació. Y ese no lo recordaba.

Los ojos del chico se posaron en la tarjeta identificadora que la mujer lucía en el pecho, en la que ponía: Enfermera Recia, **HOSPITAL LORD MILLONETI**.

—Tienes un chichón. Y menudo chichón. Un chichonazo. ¿Te duele? —preguntó la enfermera, hundiendo el dedo con fuerza en la cabeza del chico.

—¡¡¡Aaayyy!!! —El pobre chilló tan alto que su voz resonó por todo el pasillo.

—Dolor leve —concluyó la enfermera—. Un momento, que voy a llamar al médico. ¡Doctor!

La enfermera abrió la cortina de un tirón y volvió a correrla.

El chico se quedó allí acostado, mirando al techo y oyendo cómo se alejaba el ruido de sus pasos.

—¡Doctor! —bramó la mujer de nuevo, ya desde el pasillo.

—¡Ya voy! —contestó una voz a lo lejos.

—¡Deprisa! —gritó ella.

—¡Lo siento! —se disculpó la voz.

Entonces el chico oyó el sonido de pasos acercándose a toda prisa.

La cortina volvió a abrirse de un tirón.

Ahora tenía ante sí a un hombre joven de rostro afilado. Vestía una larga bata blanca que ondeaba a su paso.

—Madre mía... madre mía... —dijo con un acento un tanto pijo. Era un médico, y la carrera lo había dejado casi sin aliento. Al levantar la vista, el chico leyó la tarjeta identificadora de su bata, que ponía: DOCTOR PARDILLO.

—Menudo chichón. ¿Te duele? —El hombre sacó

un lápiz del bolsillo de la bata y, sujetándolo por la punta, dio unos golpecitos en la cabeza del chico.

—¡¡¡Aaayyy!!! —volvió a gritar el pobre. No le había dolido más que cuando la enfermera lo había pinchado con uno de sus dedos morcillones, pero aun así dolía.

—¡Perdón, perdón, perdón! Por favor, no vayas a presentar una queja. Es que acabo de salir de la facultad de Medicina.

—No lo haré —farfulló el chico.

—¿Seguro?

—¡Sí, seguro!

—Gracias. Me aseguraré de no volver a meter la tapa, digo, la pata. Solo tengo que rellenar este pequeño formulario de ingreso —dijo, y entonces empezó a desenrollar un formulario tan largo que parecía imposible rellenarlo en menos de una semana.

El chico soltó un sus-
piro.

—Veamos, joven-
cito —empezó el doc-
tor con voz cantarina,
como si creyera que
así la aburrida tarea re-
sultaría más llevadera—,
¿cómo te llamas?

El chaval se quedó en blanco.

Nunca hasta entonces había olvidado su propio
nombre.

—¿Nombre? —volvió a preguntar el médico.

Por más que lo intentara, no lo recordaba.

—No lo sé —farfulló.

CAPÍTULO 2
UN LUGAR *LEJANO* Y DESCONOCIDO

Una expresión de pánico ensombreció el rostro del médico.

—Vaya por Dios —dijo—. Hay ciento noventa y dos preguntas en este formulario y ya nos hemos atascado en la primera.

—Lo siento —repuso el chico. Seguía tumbado en la camilla del hospital, y una lágrima le rodó por la mejilla. Se sentía fatal por no recordar su propio nombre.

—¡Oh, no, estás llorando! —exclamó el médico—. ¡Por favor, no llores! ¡El director podría pasar por aquí y pensar que es culpa mía!

El chico hizo lo posible por contener las lágrimas. El doctor Pardillo hurgó en los bolsillos en busca de un pañuelo de papel, pero no lo encontró, así que le secó los ojos con el formulario.

—¡Oh, no! ¡Ahora se me ha mojado! —se lamentó, y empezó a soplar con todas sus fuerzas para intentar secar la hoja de papel. Al verlo, el chico no pudo evitar reírse—. ¡Ah, estupendo! —dijo el hombre—. ¡Así me gusta! Oye, seguro que entre los dos logramos averiguar tu nombre. ¿Empieza por **A?**

El chico estaba casi seguro de que no.

—No lo creo.

—**¿B?**

El muchacho negó con la cabeza.

—**¿C?**

Volvió a negar con la cabeza.

—Me temo que esto va para largo —farfulló el médico para sus adentros.

—**¡T!**

—¿Te apetece una taza de té?

—¡No! Mi nombre... ¡empieza por **T!** —exclamó.

El doctor Pardillo sonrió mientras escribía la primera letra al principio del formulario.

—A ver si lo adivino. **¿Tim? ¿Ted? ¿Terry? ¿Tony? ¿Theo? ¿Taj?** No, no tienes cara de **Taj**... ¡Ya lo tengo! **¿¿Tina??**

Tantas sugerencias seguidas no hacían más que confundir al chico, con lo que le costaba todavía más recordar, pero de pronto su nombre le vino a la mente como por arte de magia.

—¡Tom! —exclamó.

—¡**Tom**! —repitió el médico, como si lo tuviera en la punta de la lengua, y completó el nombre en el formulario—. ¿Y cómo te llaman en casa, **Thomas, Tommy, Gran Tom, Pequeño Tom?**

—Tom a secas —replicó el chico, un poco cansado de tanta pregunta. Ya había dicho que se llamaba Tom.

—¿Y el apellido?

—Empieza por C —dijo.

—Bueno, por lo menos tenemos la primera letra. ¡Esto es como hacer un crucigrama!

—¡Charper!

—¡*Tom Charper*! —dijo el hombre, garabateándolo en el formulario—. Ya tenemos la primera pregunta. Solo nos quedan ciento noventa y una. Veamos, ¿quién te ha traído al hospital? ¿Han venido tus padres contigo?

—No —contestó Tom. De eso estaba seguro. Sus padres no estaban con él. Nunca estaban con él, sino en algún lugar lejano y desconocido. Hacía ya unos pocos años, habían enviado a su único hijo a un internado para niños ricos en medio de la campiña inglesa: el ***Internado Masculino San Guijuela***.

El padre de Tom ganaba mucho dinero trabajando en exóticos países desérticos, extrayendo petróleo del suelo, y a su madre se le daba de fábula gastar ese dinero. Tom solo los veía durante las vacaciones escolares, por lo general en un país distinto cada vez. Y aunque se pasaba horas viajando a solas para verlos, no era raro que su padre tuviera que trabajar ese día o que su madre lo dejara con una niñera mientras se iba a comprar todavía más zapatos y bolsos. Nada más llegar a casa, le llovían los regalos —un nuevo tren de juguete, un avión en miniatura o una armadura medieval—, pero, sin nadie con quien jugar, Tom no tardaba en aburrirse. Lo único que quería era pasar tiempo con sus padres, pero tiempo era lo único que ellos nunca le habían regalado.

—No. Mis padres viven en el extranjero —contestó Tom—. No sé muy bien quién me ha traído al hospital. Ha debido de ser algún profesor.

—¡Ajá! —exclamó el doctor Pardillo, muy emocionado—. ¿Puede que fuera tu profesor de educación física? En la zona de espera había un hombre vestido como un árbitro de críquet, con sombrerito de paja y chaqueta blanca, y me ha extrañado verlo allí, porque habitualmente no se disputan partidos de críquet en el hospital.

—Ese debía de ser mi profesor de gimnasia, sí. El señor Plinto.

El doctor Pardillo bajó los ojos hacia el formulario y los volvió a levantar con cara de pánico.

—Vaya por Dios, aquí solo me dan a elegir entre «padre», «tutor», «amigo» u «otros». ¿Y ahora qué hago yo?

—Tachar «otros» —dijo el chico, tomando las riendas de la situación.

—¡Gracias! —contestó el médico. Parecía aliviado—. Muchísimas gracias. ¿Naturaleza de la herida?

—Un golpe en la cabeza.

—¡Ah, sí, claro! —concedió el doctor Pardillo mientras lo apuntaba a toda prisa en el formulario—. Veamos, siguiente pregunta: ¿dirías que, en general, el **HOSPITAL LORD MILLONETI** no ha estado a la altura de tus expectativas, sí ha estado a la altura de tus expectativas o ha superado con creces tus expectativas?

—¿Cuál era la primera opción? —preguntó Tom. La cabeza le dolía tanto que le costaba pensar con claridad.

—«No ha estado a la altura de tus expectativas.»

—¿El qué?

—El hospital en general.

—De momento, lo único que he visto es el techo —contestó el chico con un suspiro.

—¿Y qué impresión te merece el techo?

—No está mal.

—Pondré que «ha estado a la altura de tus expectativas». Siguiente pregunta. ¿Dirías que la atención que has recibido en el hospital ha sido deficiente, correcta, buena, muy buena o incluso espectacular?

—No me puedo quejar —dijo el chico.

—Lo siento, pero «no me puedo quejar» no sale en el formulario.

—Pues... «buena», supongo.

—¿No «muy buena»? —preguntó el doctor Pardillo con un tono ligeramente suplicante—. Estaría bien poder decir que he conseguido un «muy buena» en mi primera semana de prácticas.

Tom soltó un suspiro de resignación.

—Vale, pues ponga «espectacular».

—¡Vaya, gracias! —repuso el médico con ojos relucientes de emoción—. ¡Seré el primero que consigue un «espectacular»! Aunque me preocupa un poco que no se lo crean... ¿Puedo poner «muy buena»?

—Sí, ponga lo que le parezca.

—Pondré «muy buena». ¡Muchas gracias! Esto me hará quedar muy bien con el director del hospital, el señor Peripuesto. Bien, pasemos a la siguiente pregunta. Estamos embalados. ¿Cómo recomendarías el **HOSPITAL LORD MILLONETI** a tus familiares y amigos? ¿A regañadientes, con ciertas reservas, sin dudarlo o con entusiasmo?

En ese preciso instante, la enfermera Recia abrió la cortina bruscamente.

—¡No tenemos tiempo para esa bobada de las preguntitas, doctor!

El hombre se llevó la mano al rostro como para protegerse de una bofetada.

—¡No me pegue!

—¡No sea ridículo! ¡Como si yo fuera capaz de semejante cosa! —replicó la enfermera, y acto seguido le propinó una fuerte colleja con su manaza.

—¡AY! —chilló el doctor Pardillo—. ¡Eso ha dolido!

—¡Bueno, por lo menos está usted en el lugar adecuado para tratar el dolor! ¡Je, je! —rio la mujer entre dientes, y casi se le escapa una sonrisa—. ¡Necesito liberar este box cuanto antes! Está a punto de llegar una ambulancia con un quiosquero que se ha grapado los dedos, ¡el muy tarugo!

—¡Oh, no! —exclamó el médico—. No soporto ver sangre.

—¡Saque a este chico de aquí antes de que vuelva o le daré otra colleja!

Dicho esto, la enfermera Recia cerró la cortina de un tirón y se alejó a grandes zancadas por el pasillo.

—Veamos —empezó el doctor Pardillo—. Tenemos poco tiempo, así que abreviaré. —Entonces el hombre empezó a hablar muy deprisa—. Tienes una gran inflamación. Vas a quedarte en observación un par de noches, solo para asegurarnos de que todo está bien. Espero que no te importe.

A Tom no le importaba quedarse en el hospital, ni mucho menos. Cualquier cosa con tal de no volver al internado, que detestaba. Era una de las escuelas más caras del país, así que la mayoría de los chicos que estudiaban en ella eran unos pijos insufribles. Los padres de Tom eran ricos gracias al trabajo de su padre en el extranjero, pero la familia no era de clase alta, así que muchos de sus compañeros lo miraban por encima del hombro.

—Voy a pedir que te trasladen enseguida a la planta de pediatría. Allá arriba estarás tranquilo y a gusto. Necesitas dormir y descansar. ¿Camillero?

Tom tembló de miedo cuando aquel hombre aterrador volvió a entrar cojeando.

—¿Sí, doctor Pardillo? —preguntó el camillero con aquella extraña forma suya de hablar.

—Llévate a... mil perdones, ¿cómo has dicho que te llamabas?

—¡Tom! —contestó el chico.

—Llévate a Tom a la planta de pediatría.

El camillero empujó la camilla de Tom hasta el ascensor y, después de pulsar el botón para subir hasta la última planta, aquella criatura contrahecha se puso a tararear para sus adentros. Tom odiaba estar a solas con él. No es que hubiese hecho nada para *asustarlo*, pero solo verlo daba *miedo*.

El chico nunca había visto a nadie tan rematadamente feo. Por supuesto, en su internado había profesores de aspecto poco agraciado a los que los alumnos habían puesto apodos crueles, pero ninguno daba tanto miedo como el camillero.

Estaban:

La profesora
Dientes de Conejo

El profesor Bola
de Billar

El profesor
Ardilla Muerta

El Gnomo
Peludo

La señora
Gafotas

El profesor
Tentáculos

**El señor
Zapatones**

El Dinosaurio

**La señorita
Napia**

**El profesor
Emparrado**

¡TILÍN!

Las puertas del ascensor se cerraron.

El camillero sonrió a Tom, pero el chico apartó la mirada. No soportaba mirarlo. Cuando sonreía, daba todavía más grima. Aquellos dientes todos negros y torcidos parecían capaces de romperte los huesos de un solo bocado. El chico leyó la tarjeta identificativa del hombre. A diferencia de la enfermera y el médico, en la suya no ponía ningún nom-

bre, sino solo el puesto que ocupaba en el hospital.

Mientras el ascensor subía des-
pacio, el mundo de Tom fue cobrando forma de un
modo gradual. Poco a poco, recordó los hechos que
lo habían llevado hasta allí.

Hacía un día muy caluroso y estaba jugando a críquet en la escuela. El chico levantó un poco la cabeza
y miró hacia abajo. Seguía llevando puesto el uniforme blanco de críquet.

Pese a que su internado se enorgullecía de alcanzar siempre el primer puesto en los campeonatos na-
cionales de críquet y rugby, a Tom no se le daban
bien los deportes. La escuela premiaba a sus héroes
con copas, trofeos, medallas y palabras de alabanza
delante de todos los alumnos. No era extraño que un
chico como Tom, que prefería mil veces esconderse
en algún rincón de la biblioteca, rodeado de viejos
libros polvorientos, se sintiera como un pez fuera
del agua.

No le gustaba nada la escuela, y no veía la hora de
marcharse. «Ojalá el tiempo pasara más deprisa», se
decía a menudo. Solo tenía doce años, pero se moría
de ganas de dejar atrás la infancia para no tener que
volver a pisar el internado nunca más.

En los meses de verano los alumnos jugaban a críquet, y Tom no tardó en descubrir cuál era la posición más conveniente para un chico tan poco dado a los deportes como él..., la de defensa. Eso le permitía situarse en el extremo más alejado del campo, tan lejos que desde allí podía dedicar toda la tarde a su pasatiempo preferido: soñar despierto. Tan lejos que era prácticamente imposible que alguien lo alcanzara con la pesada pelota de cuero rojo.

Bueno, eso es lo que Tom creía.

Pero se equivocaba.

De hecho, no podía estar más equivocado.

Mientras los números de los pisos se iban sucediendo en la pantallita digital del ascensor, su último recuerdo le vino a la mente en forma de destello fugaz.

Vio una pesada pelota de cuero rojo surcando el aire, veloz como un bólido, yendo derecha hacia él.

¡PUMBA!

Y luego todo se volvió negro.

¡TILÍN!

—¡Ya hemos llegado, señor! ¡Último piso, planta de pediatría del **HOSPITAL LORD MILLONETI!** —anunció el camillero con su embrollada forma de hablar.

Cuando las puertas del ascensor se abrieron, el hombre empujó la camilla hacia fuera y enfiló otro largo pasillo que daba a una puerta de vaivén cuyas hojas se abrieron con estruendo.

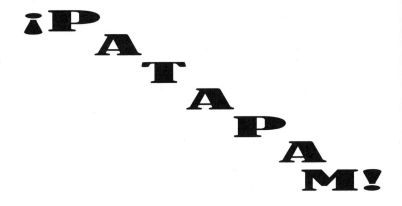

Habían llegado a la sala de pediatría.

—Bienvenido a su nuevo hogar —anunció el camillero.

CAPÍTULO 4
LA PLANTA
DE PEDRIATRÍA

Tom levantó un poco la cabeza, todavía dolorida, para echar un primer vistazo a lo que sería su nuevo hogar, la planta de pediatría del **HOSPITAL LORD MILLONETI**. Había otros cuatro niños en la sala, sentados o acostados en sus camas. Estaban en silencio, y ninguno prestó demasiada atención al recién llegado. Se respiraba aburrimiento en el aire inmóvil y cargado de la sala. Aquello se parecía más a un hogar de ancianos que a una planta de pediatría.

En la cama que tenía más cerca, Tom vio a un chico un poco rechoncho. Llevaba puesto un viejo pijama a topos que le venía demasiado pequeño y hojeaba un libro ilustrado sobre helicópteros con las páginas muy sobadas mientras mordisqueaba disimuladamente unos bombones que había escondido debajo de la sábana. En una pizarra colgada por encima de su cama alguien había escrito **George** con tiza.

En la cama de al lado había un chico bajito y fla-
cucho, con el pelo rojizo y repeinado. Seguramente
lo habían operado de la vista, pues tenía los ojos vendados y no veía absolutamente nada. En su mesilla

de noche se apilaban cedés de música clásica junto a un reproductor de música. Su pijama era mucho más elegante que el de George, y lo llevaba abotonado hasta arriba. En su pizarra ponía **Robin**.

Enfrente de George y Robin había una chica con melena negra y gafas redondas. Por increíble que pa-

rezca, llevaba las dos piernas y los dos brazos escayolados. Sus cuatro extremidades se mantenían en alto gracias a un complejo sistema de poleas y cabrestantes. Más que una niña, parecía una marioneta tirada por hilos. En su pizarra ponía **Amber**.

En el extremo más alejado de la sala, apartada de los demás niños, Tom vio una estampa digna de lástima. Era una niña, pero resultaba difícil adivinar su edad, pues daba la impresión de que la enfermedad la había hecho envejecer antes de tiempo. Unas pocas hebras de pelo asomaban en lo alto de su cabeza monda y lironda. En su pizarra ponía **Sally**.

—Adelante, señor, salude usted a los demás —lo animó el camillero.

Tom se sintió intimidado, así que musitó un «hola» lo más bajito que pudo sin que el camillero le hiciera repetir el saludo.

Se oyó un tenue murmullo de respuesta, aunque Sally no despegó los labios.

—Esta de aquí debe de ser su cama —dijo el camillero arrastrando las palabras mientras empujaba la camilla en esa dirección. Luego trasladó a Tom a la cama haciéndolo rodar con manos expertas—. ¿Está usted cómodo? —le preguntó mientras le ahuecaba una almohada.

Tom no contestó. No estaba nada cómodo. Aquello era como acostarse en un suelo de hormigón con un ladrillo por almohada. Hasta la camilla era más cómoda. Se sentía de lo más tonto fingiendo no haber oído al camillero, que estaba justo a su lado. Lo tenía tan cerca que hasta podía olerlo. De hecho, estaba seguro de que toda la planta podía olerlo. El hombre echaba una peste considerable, como si no se hubiese duchado desde hacía mucho tiempo. Su ropa se veía vieja y desgastada, los zapatos se le caían a trozos y su bata de hospital estaba mugrienta. A juzgar por su aspecto, podría ser un mendigo.

—Así que este es el peor jugador de críquet de todos los tiempos... —dijo alguien.

Los niños de la planta de pediatría se pusieron tensos y se **estremecieron** nada más oír aquella voz.

Entonces una mujer alta y delgada salió de su despacho, que quedaba en la otra punta de la sala. Era la enfermera jefe, la supervisora de la planta. Sin prisa pero sin pausa, recorrió el pasillo entre las camas, avanzando en dirección a Tom y haciendo repiquetear los tacones en el suelo.

De lejos, la enfermera jefe parecía una beldad,

con aquella melena rubia en la que no había un solo pelo fuera de sitio gracias a la laca, con su cutis perfectamente maquillado y sus dientes de un blanco deslumbrante. Sin embargo, cuando se acercó a Tom, el chico comprendió que aquella sonrisa era falsa. Sus ojos eran dos grandes pozos negros, una ventana a la oscuridad que había en su interior. Y su perfume era tan penetrante que los niños tosían a su paso.

—¡Se suponía que tenías que coger la pelota, no darle un cabezazo! —dijo la mujer—. ¡Hay que ser tonto! **¡Ja, ja, ja!**

Nadie se rio, excepto ella. Si alguien no le veía la gracia era Tom, que seguía teniendo un dolor de cabeza horroroso.

—Esa pelota de críquet le ha hecho un chichón muy feo, enfermera jefe —intervino el camillero con su lengua de trapo. Le temblaba un poco la voz, como si aquella mujer lo pusiera nervioso—. Creo que habría que hacerle una radiografía mañana a primera hora.

—Nadie ha pedido tu opinión, ¡gracias! —replicó la mujer, y de pronto su rostro ya no parecía tan hermoso como antes, pues había en él una mueca de desprecio—. No eres más que un simple camillero, un don nadie. No sabes absolutamente nada de cómo cuidar a los pacientes, así que la próxima vez... ¡cierra el pico!

El camillero agachó la cabeza y los demás niños de la sala intercambiaron miradas nerviosas. Estaba claro que también ellos temían a aquella mujer.

La enfermera jefe apartó al camillero de un manotazo, y el hombre se tambaleó un poco hasta que al fin recuperó el equilibrio.

—Déjame echarle un vistazo a ese chichón —dijo, e inspeccionó la cabeza del chico—. Hum, sí, tienes un señor chichón. Habría que hacerte una radiografía mañana a primera hora.

El camillero miró a Tom arqueando las cejas, pero una vez más el chico hizo como si aquello no fuera con él.

La enfermera jefe se dirigió al hombre sin mirarlo siquiera:

—¡Camillero, ya puedes irte, antes de que me atufes toda la planta!

Él soltó un profundo suspiro, pero antes de marcharse se despidió de todos los niños con una fugaz sonrisa.

—¿A qué esperas? —bramó la enfermera jefe, y el

hombre se fue lo más deprisa que pudo con su paso renqueante, arrastrando la pierna atrofiada.

Tom empezó a echar de menos el internado. La planta de pediatría parecía un lugar sencillamente **horrible**.

CAPÍTULO 5

EL CHICO DEL CAMISÓN ROSADO CON VOLANTITOS

La enfermera jefe empezó entonces lo que parecía un discurso muy bien ensayado. Un discurso que debía de dar a todos los pacientes nuevos.

—Vamos a ver, jovencito, esta es MI planta y estas son MIS reglas: las luces se apagan a las ocho en punto; nada de hablar después de que se hayan apagado las luces; nada de leer debajo de las mantas; nada de comer golosinas. Si oigo el crujir de un solo envoltorio en la oscuridad, confiscaré todos los dulces en el acto. ¡Eso va por ti, George!

El chico regordete paró de masticar al instante y apretó los labios para que la enfermera jefe no viera que tenía un bombón en la boca.

La mujer siguió hablando sin pausa. Sus palabras sonaban como el restallar de un látigo.

—Nada de levantarse de la cama; nada de visitas al lavabo durante la noche; para eso está el orinal que encontrarás debajo de la cama. Hay un timbre en la

pared, a la altura de tu cabeza. Ni se te ocurra llamar al timbre por la noche a menos que sea cuestión de vida o muerte. ¿Lo has entendido?

—Sí —contestó Tom. Era como si te regañaran antes incluso de que hicieras nada malo.

—Veamos, ¿has traído pijama?

—No —respondió el chico—. Supongo que cuando me he desplomado en el campo de juego me han traído directamente al hospital. No he tenido ocasión de coger nada, así que solo tengo el uniforme de críquet que llevo puesto. No me importa dormir con él.

La enfermera jefe hizo una mueca de asco.

—¡Serás marrano! Eres igual que el camillero, esa criatura **repugnante** que se hace pasar por un ser humano y que huele como si no se cambiara de ropa ni para dormir. ¡Ja, ja, ja! ¿Podemos llamar a tus padres para que te traigan un pijama?

Tom negó con la cabeza, abatido.

—¿Por qué no?

—Mis padres viven en el extranjero.

—¿Dónde exactamente?

El chico dudó antes de contestar.

—No estoy seguro.

—¡¿Que no estás seguro?! —repitió la enfermera jefe, levantando la voz para que todos la oyeran. Era como si quisiera que los demás niños de la planta disfrutaran tanto como ella humillando al recién llegado.

—Viajan mucho, por el trabajo de mi padre. Sé que están en algún país que tiene un desierto.

—¡Vaya, me lo pones en bandeja! —dijo la mujer con retintín—. ¡Así que ni siquiera sabes en qué país viven tus padres! Bueno, aquí te sentirás como en casa. A los niños de esta planta nunca los visitan sus padres, por uno u otro motivo. O bien son demasiado pobres para viajar, como los de Amber, o están demasiado enfermos para hacerlo, como los de Robin, o bien viven demasiado lejos, como los de Sally. Pero si alguien tiene la mejor excusa de todas son los padres de George. ¿Te gustaría explicarle a Tom por qué nunca vienen a verte, George?

—No mucho, la verdad... —farfulló el chico. Su acento *cockney*, típico de la clase obrera de Londres, sorprendió a Tom, pues en su internado nadie hablaba así. El pobre parecía desear que se lo tragara la tierra—. No se lo...

—¡El padre de George está en la cárcel! ¡Por robar, nada menos! ¡Así que, si algo desaparece, sabremos a quién echarle la culpa! ¡De tal palo, tal astilla, ja, ja, ja!

—¡Yo no soy un ladrón! —exclamó George.

—No te lo tomes tan a pecho, hijo mío. ¡Solo estaba bromeando!

—¡Pues no tiene ninguna gracia! —replicó el chico.

—¡Vaya por Dios! —insistió la mujer en tono de burla—. ¡Qué susceptible! Veamos, Tom, se me ha ocurrido una idea. Voy a buscarte algo en mi baúl de los objetos perdidos.

Con un brillo malicioso en la mirada, la enfermera jefe dio media vuelta y entró en su despacho. Al cabo de unos instantes, salió con las manos en la espalda, sonriendo de un modo inquietante.

—Lamento mucho informarte, Tom, de que no

tengo ningún pijama de tu talla —dijo—. ¡Tendrás que apañártelas con esto!

Entonces le enseñó un camisón de noche rosado y lleno de volantes. Su sonrisita maliciosa se **convirtió** en una risa mal **disimulada**.

Tom miraba el camisón con cara de horror. Si sus compañeros del internado se enteraran de que lo había llevado puesto, su reputación se iría a pique. Es más, pasaría a ser conocido para siempre como el chico del camisón rosado con volantitos.

—Por favor, enfermera jefe, déjeme seguir llevando puesto el uniforme de críquet —suplicó Tom.

—¡Ni hablar! —replicó la mujer.

—Puedo prestarle uno de mis pijamas —sugirió George.

—¡No digas bobadas, niño! —replicó la enfermera jefe con brusquedad—. ¿Tú te has mirado al espejo? ¡Tus pijamas le vendrían enormes! ¡Bueno, le vendrían enormes hasta a un elefante, ja, ja, ja!

Una vez más, la única persona que le rio la gracia fue ella misma.

—Venga, ponte esto enseguida o iré a quejarme al director del hospital, el señor Peripuesto. ¡Seguro que no le haría ni pizca de gracia tener ingresado a un indeseable como tú, y no me extrañaría que te pusiera de patitas en la calle! —amenazó la mujer mientras corría la cortina en torno a la cama de Tom. Luego se quedó esperando del lado de fuera mientras el chico se quitaba la ropa y forcejeaba con el camisón.

—¡Rápido! —ordenó la enfermera jefe.

—¡Ya casi estoy! —dijo Tom a gritos mientras se metía aquella cosa por la cabeza—. ¡Listo! —anunció, aunque se sentía de todo menos listo.

La enfermera jefe abrió la cortina para que todos lo vieran.

Allí estaba el chico del camisón rosado con volantitos, todo un monumento a la cursilería.

—¡Pues no te queda tan mal! —opinó George.

—Ojalá pudiera verlo —murmuró Robin.

—Créeme, mejor que no —replicó Amber.

CAPÍTULO 6
TRAMANDO ALGO

Tom había pasado por unas cuantas situaciones humillantes en el internado.

Como la ocasión en que...

... se le rasgaron los pantalones cortos mientras hacía gimnasia...

... su pieza de barro salió volando del torno alfarero en clase de cerámica y golpeó en la cabeza a la profesora...

... se inclinó para coger un libro del suelo en la biblioteca y se le escapó una sonora ventosidad...

... se fue del lavabo con el rollo de papel higiénico colgando de los pantalones...

... estaba en el comedor de la escuela cuando resbaló al pisar un poco de salsa derramada y aterrizó de morros en un bol de natillas...

... cogió el violín al revés en clase de música y estuvo preguntándose por qué no sonaba hasta que se dio cuenta de que las cuerdas estaban vueltas hacia abajo...

... algunos de los chicos mayores escondieron su chándal, y tuvo que jugar a rugby en calzoncillos...

... tuvo que ponerse una malla de cuerpo entero muy ceñida con una cola pegada al trasero. Se suponía que era un gato, y se vio obligado a cantar y bailar en una representación del musical *Cats*...

... creyó que su profesora de mates le estaba haciendo una pregunta trampa cuando le preguntó cuánto era 2 + 2, así que contestó: 5...

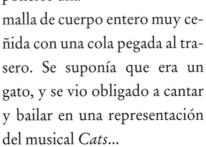

¡A mí no me pillará!

... el polvo de tiza le hizo cosquillas en la nariz y le provocó un ataque de estornudos delante del señor Rancio, que acabó cubierto de mocos.

Y ahora allí estaba, en un hospital, llevando puesto un camisón rosado con volantitos.

—¡Te queda como un guante! —se burló la enfermera jefe. Una vez más, fue la única que se rio. Luego consultó el reloj que llevaba sujeto al uniforme con un alfiler—. Pasa un minuto de las ocho. ¡Ya deberíais estar en la cama! Vamos, niños. **¡Hora de apagar la luz!**

La mujer echó a andar con paso firme hacia su despacho, que quedaba al final de la planta.

De pronto, como si estuviera jugando a las estatuas, giró sobre sus talones para comprobar si alguno de los niños se había movido. Luego siguió andando y repitió la jugada dos veces más. La enfermera jefe se volvió por última vez hacia los niños justo antes de apagar la luz.

¡CLIC!

La planta entera quedó sumida en una oscuridad total. Tom odiaba la oscuridad. Se alegró al comprobar que hasta allí llegaba el resplandor del gigantesco reloj del palacio de Westminster, que no quedaba lejos de allí y cuya silueta se elevaba sobre los tejados de Londres. El reloj recibía el apodo de «Big Ben» por la enorme campana que albergaba en su interior y que repicaba a cada hora.

¡*TALÁN!* La esfera del gran reloj emitía una luz fantasmagórica que se colaba por las ventanas de la última planta del hospital.

También había una pequeña lámpara de lectura en el despacho de la enfermera jefe. La mujer estaba allí plantada, al otro lado de una mampara de cristal, escudriñando

la oscuridad. Observaba las camas de los niños, atenta a la menor señal de movimiento.

Silencio.

Entonces, en medio de aquel silencio sepulcral, Tom oyó un ruido metálico, como si alguien estuviera abriendo una lata. A continuación oyó un crujido como de papel, pero no un papel cualquiera, sino el tipo de papel encerado que se usa para envolver bombones. Y luego oyó a alguien masticando.

El chico no había probado bocado desde mediodía, y apenas había tocado el almuerzo porque la comida del internado estaba asquerosa. Ese día había crema de guisantes de primero, y de segundo hígado de ternera con remolacha hervida. Ahora que estaba allí tumbado en una cama de hospital, su estómago rugía de hambre. Cuando oyó que alguien desenvolvía un segundo bombón, y luego otro, no pudo evitar pedir en susurros:

—¿Me das uno, por favor?

—¡Chisss! —contestó una voz. Tom estaba casi seguro de que venía de la cama de George.

—¡Por favor! —insistió Tom—. Me muero de hambre.

—¡Chisss! —ordenó otra voz—. Calla o nos meterás a todos en un lío.

—¡Solo quiero uno! —protestó Tom.

El chico debió de levantar demasiado la voz, porque en ese instante...

¡CLIC!

... las luces de la planta infantil se encendieron de nuevo.

Parpadeando ante la súbita claridad, Tom vio a la enfermera jefe saliendo de su despacho hecha un basilisco.

—¡NADA DE CHARLAS DESPUÉS DE QUE SE HAYAN APAGADO LAS LUCES! —gritó—. A ver, ¿quién estaba hablando?

Nadie contestó.

—¡Si no me decís cuál de vosotros estaba hablando, os castigaré a todos!

La enfermera jefe los miró de uno en uno, buscando al culpable. Observó con especial interés a George.

—¿Has sido tú? —preguntó.

El chico negó con la cabeza.

—¡Habla, muchacho!

Aun estando en la otra punta de la habitación, Tom se dio cuenta de que George tenía la boca llena.

El chico intentó hablar, pero tenía tantos bombones en la boca que no podía articular palabra.

—**Hum, hum, hum** —farfulló.

—¿Qué tienes en la boca?

George negó con la cabeza e intentó decir «nada», pero lo que dijo en realidad fue «**hum, hum, hum**».

La enfermera jefe se acercó a su cama como un cocodrilo acechando a su presa.

—¡George! Se supone que después de la operación tienes que seguir una dieta estricta, pero has vuelto a ponerte morado de bombones, ¿a que sí?

George negó con la cabeza.

La mujer apartó de un tirón la sábana que lo cubría, dejando a la vista una gran lata de bombones. Era inmensa, la clase de lata que te regalan por Navidad y no se acaba hasta la Navidad siguiente.

—¡Serás glotón...! —exclamó la enfermera jefe—. ¡Estos bombones quedan confiscados!

Dicho lo cual, arrancó la lata de las manos del chico y sacó un pañuelo de papel de una caja cercana.

—Escupe el que tienes en la boca.

A regañadientes, el chico obedeció.

—¿Quién te los ha enviado? —preguntó—.

Tu padre no, eso seguro. ¡No creo que les dejen comer bombones en la cárcel!

Tom se dio cuenta de que George estaba enfadado, pero se esforzaba en disimularlo.

—Me los ha mandado el quiosquero del barrio —respondió George—. Soy su cliente preferido.

—¡De eso no me cabe duda! ¡No hay más que verte!

—Sabe que estos bombones son mis preferidos.

—¿Cómo se llama ese mentecato?

—Raj —contestó George.

—¿Raj qué más?

—Raj, el quiosquero.

—¡Me refiero a su apellido, atontado!

—Ni idea.

—Bueno, intentaré dar con él, y con un poco de suerte conseguiré que le cierren el negocio. Mientras te recuperas de la operación, no puedes comer dulces, George.

—Lo siento, enfermera jefe.

—¡Con decir «lo siento» no basta! ¡Tendré que informar al director del hospital, el señor Peripuesto, de que has desobedecido las órdenes del médico, George!

—Sí, señora —contestó el chico, apenado.

—¡Me encargaré de ti por la mañana! ¡Ahora todos vosotros, a dormir!

La enfermera jefe regresó a su despacho y, una vez más, como si jugara a las estatuas, se volvió varias veces para comprobar si los niños se habían movido en sus camas.

¡CLIC!

Las luces volvieron a apagarse y la enfermera jefe fue a sentarse en su despacho. Al cabo de unos instantes, la mujer hizo algo increíble: ¡abrió la lata y empezó a comerse los bombones!

Al parecer, los bombones grandes con envoltorio morado eran sus preferidos, porque los engullía a una velocidad de vértigo. Apenas se había metido uno en la boca, empezaba a desenvolver el siguiente. El tiempo fue pasando, y cuantos más bombones comía, más sueño le entraba. A eso de las nueve de la noche se le empezaron a cerrar los párpados, pero aun así siguió devorando bombones, uno tras otro, tal vez con la esperanza de que el chocolate la mantuviera despierta. Lo más curioso de todo es que parecían tener el efecto contrario. Sobre las diez de la noche la enfermera jefe tardaba unos segundos en volver a abrir los ojos cada vez que se le cerraban, pero no paró de tragar bombones. Hacia las once de la noche, apoyó la cabeza sobre las manos, como si le pesara muchísimo. Ahora comía más despacio, y poco después se le escapó por la comisura de la boca un hilillo de babas mezcladas con chocolate. Fue entonces cuando su cabeza se desplomó sobre el escritorio con un sonoro...

¡CATAPLÁN!

Los ronquidos de la enfermera jefe se oían a través del cristal.

—¡JJJJJJRRRRRR!... PFFF... ¡JJJJJJRRRRRR!... PFFF...

Los niños siguieron en silencio unos instantes más. Y de pronto, en medio de la oscuridad, alguien susurró:

—Has estado genial, George.

—¡Creo que el plan está funcionando! —contestó el chico.

El acento de George hacía que su voz resultara inconfundible.

—¿Qué plan? —preguntó Tom.

—¡*Chisss!* —ordenó una tercera voz.

—¡Duérmete de una vez, novato! —dijo una chica—. Deja de meter las narices donde no te llaman. Venga, todo el mundo listo para salir a medianoche.

Pero, por supuesto, Tom no podía dormir, sobre todo ahora que sabía que sus compañeros de planta andaban tramando algo. ¿Qué pasaría a medianoche?

CAPÍTULO 7
A MEDIANOCHE

El resplandor que emitía la esfera del Big Ben se colaba por el gran ventanal que había detrás de la cama de Tom. De pronto, el chico creyó ver un desfile de sombras en la planta de pediatría. Algo se movía en la oscuridad.

El chico ahogó un grito, asustado, y justo entonces una mano le tapó la boca, obligándolo a enmudecer.

Ahora sí que tenía miedo.

—¡Chitón! —ordenó alguien—. No hagas ningún ruido. No queremos que la enfermera jefe se despierte.

La mano era suave y rechoncha, y olía a chocolate. Cuando sus ojos se acostumbraron a la penumbra, Tom vio confirmadas sus sospechas: era George.

El chico miró instintivamente hacia el despacho de la enfermera jefe. La mujer seguía durmiendo a pierna suelta, con la cabeza apoyada en el escritorio, roncando como un elefante.

—¡*JJJJJRRRRRR!...* *PFFF...* ¡*JJJJJRRRRRR!...* *PFFF...*

—¡Ni una palabra! —le advirtió George.

Tom asintió en silencio y el chico apartó la mano despacio.

Entonces Tom miró hacia atrás, hacia el gigantesco reloj cuya silueta se recortaba por encima de los tejados de Londres. Era casi medianoche.

No tardó en comprender que George no era el único que se había levantado de la cama. Robin también estaba allí, empujando la vieja y oxidada silla de ruedas de Amber, que para colmo tenía una rueda pinchada. Como Robin llevaba los ojos vendados, no veía por dónde iba y las piernas escayoladas de Amber se estrellaron contra la pared.

—¡AY! —gritó la chica.

—¡Chisss! —susurraron Robin y George, y Tom no pudo evitar hacer lo mismo.

—¡Chisss!

—¡Dejadme a mí! —se ofreció George. Acompañó a Robin a un lado y luego se encargó de empujar la silla de Amber. Robin puso las manos sobre los hombros de George y allá que se fueron los tres hacia la puerta, como si bailaran una estrafalaria conga.

—¿Qué estáis haciendo? —preguntó Tom.

—¡Chisss! —replicaron los otros tres al unísono.

—¿Queréis dejar de mandarme callar todo el rato? —protestó él.

—¡Duérmete de una vez, novato! —le dijo Amber en susurros.

—Pero... —empezó Tom.

—¡No formas parte del club! —añadió George.

—¡Me encantaría formar parte de vuestro club! —exclamó él.

—¡No puedes! —replicó George.

—¡No es justo! —gimoteó Tom.

—¿Te importaría bajar la voz, si no es demasiado pedir? —le soltó Robin.

—¡SÍ, CIERRA EL PICO! —ordenó Amber.

—¡Ya lo hago! —replicó Tom.

—¡Y un rábano! Estás hablando, y eso no es tener el pico cerrado. ¡A callar todo el mundo! —dijo Amber.

—¡Aplícate el cuento! —le espetó Tom.

—¡Oh, venga ya! ¿Queréis hacer el favor de callaros todos de una vez? —intervino Robin, levantando la voz un poquito más de la cuenta.

Todos volvieron la cabeza hacia el despacho de la enfermera jefe. La mujer se removió un poco, pero no llegó a despertarse. Los chicos soltaron un suspiro de alivio colectivo.

—Esa bruja no debería despertarse hasta que pasen por lo menos dos horas —dijo George—. En cada uno de esos bombones había una de mis bolitas especiales para dormir, de las que me recetó el doctor Pardillo.

—Menos mal que te has acordado de que los morados son sus preferidos —dijo Amber.

—No iba a cargarme una lata entera de bombones, ¿no crees? —replicó George con una sonrisa pícara.

—¡Qué listos sois! —exclamó Tom.

—¡Vaya, gracias! —contestó Robin, inclinando la cabeza como si esperara recibir una salva de aplausos.

—Ahora en serio, novato —empezó Amber—, vuélvete a la cama. Y recuerda: ¡no has visto nada! Vámonos, chicos.

Dicho esto, los tres amigos salieron a trompicones por la puerta de vaivén. En ese preciso instante, las campanas del Big Ben empezaron a sonar.

BOLITAS
◆ ESPECIALES ◆
PARA DORMIR

¡TALÁN! ¡TALÁN! ¡TALÁN! ¡TALÁN! ¡TALÁN! ¡TALÁN! ¡TALÁN! ¡TALÁN! ¡TALÁN! ¡TALÁN! ¡TALÁN! ¡TALÁN!

Tom contó las campanadas. Doce. Ya era medianoche.

El chico se sentó en su cama. Solo quedaban Sally y él en la planta de pediatría. Miró hacia su cama. La niña estaba dormida. No la había visto despierta desde que había llegado, hacía ya unas horas.

Aunque estaba cansado y dolorido, Tom no podía conciliar el sueño. Ni loco iba a quedarse al margen de lo que quiera que fuese que se traían aquellos chicos entre manos, así que decidió jugársela y seguir sus pasos. De pronto se sentía como un espía de película. Pero esa sensación no duró demasiado. Nada más sacar un pie de la cama, lo metió sin querer en el orinal que estaba en el suelo.

¡CLONC!

¡CLONC!

¡CLONC!

CAPÍTULO 8
UNA PROMESA

¡CLONC!
¡CLONC!
¡CLONC!

Tom no conseguía sacar el pie del orinal. Hubiese gritado de frustración, pero sabía que eso solo serviría para empeorar las cosas. Lo último que quería era despertar a la enfermera jefe, que seguía roncando en su despacho. El chico miró hacia la cama de Sally, en el otro extremo de la sala. La chica estaba acostada, y el resplandor del Big Ben bañaba la parte superior de su calvorota. Tampoco quería despertarla a ella.

«Por lo menos el orinal estaba vacío», se consoló.

Tan rápida y sigilosamente como pudo, se inclinó y tiró del pie con fuerza hasta sacarlo del orinal. Luego se escabulló de la planta de pediatría andando de puntillas. No tardó en descubrir, con gran fastidio, que sus pies descalzos chirriaban sobre el suelo reluciente.

ÑEEEEEEC
ÑEEEEEEC
ÑEEEEEEC
ÑEEEEEEC

Cuando sus dedos tocaron la pesada puerta de vaivén de la planta de pediatría, supo que estaba a escasos segundos de la libertad. Justo entonces, una voz le dio un susto de muerte.

—¿Adónde vas, novato?

El chico se dio media vuelta. Era Sally.

—A ningún sitio —mintió.

—Eso es imposible. A algún sitio estarás yendo.

—Por favor, vuelve a dormirte —suplicó Tom—. O despertarás a la enfermera jefe.

—Qué va. Esto lo hacen todas las noches. Esa bruja no se despertará hasta que pasen horas.

—A mí me parece que deberías intentar descansar.

—¡Eso es aburrido!

—No es aburrido —replicó Tom—. Venga, vuelve a dormirte.

—No.

—¿Cómo que «no»?

—Pues como que no. Venga, Tom, llévame contigo —pidió Sally.

—No.

—¿Cómo que «no»?

—Pues como que no.

—¿Por qué no? —protestó ella.

El motivo por el que Tom no quería que Sally lo acompañara era que la chica parecía debilucha. Le preocupaba que lo retrasara, pero no quería decírselo por temor a herir sus sentimientos, así que inventó una excusa.

—Oye, Sally, solo quiero buscar a los demás y decirles que tienen que volver a la cama enseguida.

—Mentiroso.

—¡De eso nada! —replicó el chico, pero en su afán por desmentirlo daba la impresión de estar mintiendo como un bellaco.

—¡Mentira cochina! Eres un embustero.

Tom negó con la cabeza, pero su propia vehemencia lo delataba.

—Crees que no voy a poder seguirte el ritmo o algo por el estilo —dijo Sally.

—¡Qué va!

—Venga ya. ¡Reconócelo! ¡No soy tonta!

«No —pensó Tom—, esta chica es lista. Muy lista.» En el internado de Tom no había chicas, así que no estaba acostumbrado a tratar con ellas. No se le había ocurrido que pudieran ser listas, y tuvo la sensación de que aquella podría ganarle en todo lo que se propusiera, lo que no le hizo ni pizca de gracia.

—No, no es eso, de verdad —mintió el chico. Luego, mirándola, le pudo la curiosidad—. Sally, ¿puedo preguntarte algo?

—Adelante.

—¿Por qué te has quedado sin pelo?

—Decidí afeitármelo todo para parecerme lo más posible a un huevo duro —replicó la chica, rápida como un relámpago.

Tom rio entre dientes. Puede que Sally hubiese perdido el pelo, pero el sentido del humor lo conservaba intacto.

—¿Es por tu enfermedad?

—Sí y no.

—No lo entiendo.

—En realidad fue el tratamiento el que me dejó calva.

—¡¿El tratamiento?! —Tom no se lo podía creer. Si el tratamiento le había hecho aquello, ¿qué no le haría la enfermedad?—. Pero vas a ponerte bien, ¿verdad?

Sally se encogió de hombros.

—No lo sé. —Luego cambió rápidamente de tema—. Y tú, ¿crees que te recuperarás algún día de ese pelotazo en la cabeza?

Tom volvió a reírse.

—Espero que no. Si me recupero, tendré que volver a la escuela.

—A mí me encantaría volver a clase.

—¿Qué? —El chico nunca había oído a un niño decir nada semejante.

—Llevo meses aquí encerrada. Echo de menos la escuela. Echo de menos incluso a los peores profes.

Aunque acababa de conocer a Sally, Tom tenía la sensación de estar charlando con una vieja amiga. Pero entonces cayó en la cuenta de que debía marcharse enseguida si quería alcanzar a los demás.

—Tengo que irme.

—¿Y seguro que no quieres llevarme contigo?

Tom miró a Sally. Parecía demasiado enferma para levantarse de la cama, no digamos ya para lanzarse a una aventura descabellada. Se sentía fatal dejándola allí sola, pero no tenía alternativa.

—Tal vez la próxima vez —mintió.

Sally sonrió.

—Tranquilo, Tom. Lo entiendo. Los demás nunca me han invitado. Ve tú. Pero prométeme algo.

—¿El qué? —preguntó.

—Que cuando vuelvas me contarás todo lo que ha pasado en vuestra aventura nocturna.

—De acuerdo —aceptó él.

—¿Me lo prometes?

—Te lo prometo —le aseguró Tom, mirando a Sally a los ojos. Lo último que quería era decepcionar a su nueva amiga.

Entonces el chico empujó las pesadas hojas de la puerta de vaivén. La luz entró a raudales desde el pasillo. Justo antes de perderlo de vista, Sally dijo:

—Espero que sea una aventura de las que hacen historia.

Tom le sonrió antes de que las hojas de la puerta se abrieran del todo y su figura se viera engullida por el resplandor de fuera.

CAPÍTULO 9

«S» DE SÓTANO

Mientras Tom avanzaba por el pasillo fuertemente iluminado que conducía a la planta de pediatría, se le ocurrió de pronto que no sabía adónde ir. Su nueva amiga Sally lo había demorado un poco, y ahora no quedaba ni rastro de los otros tres chicos.

Peor aún: por la noche, el **HOSPITAL LORD MILLONETI** era un lugar de lo más siniestro, lleno de ruidos inquietantes que resonaban en los largos pasillos. El edificio era una mole inmensa. Tenía cuarenta y cuatro plantas de habitaciones y quirófanos en las que había de todo, desde salas de parto hasta un depósito de cadáveres al que iban a parar los enfermos que no sobrevivían. El hospital acogía a cientos de pacientes y casi el mismo número de trabajadores. Se suponía que a medianoche todos los enfermos estaban profundamente dormidos, pero también había gente trabajando a esa hora, como las brigadas de limpieza o los guardias de seguridad, que recorrían los pasillos del hospital. Si lo sorprendían levantado en plena noche, se metería en un buen lío. Y lo peor de todo es que llevaba puesto un camisón rosado con volantitos. Si se topaba con alguien, tendría que dar unas cuantas explicaciones.

Leyó las indicaciones de la pared, pero no le sirvieron de mucho porque les faltaban bastantes letras.

SALIDA DE EMERGENCIA se había convertido en **ALI DE ME C A**.

URGENCIAS era ahora **ENCIAS**.

RECEPCIÓN se había quedado en **RE P ÓN**.

CIRUGÍA se había convertido en **RUGÍA**.

RADIOLOGÍA se había quedado en **DI LOGÍA**, y todo el que pasaba por allí se sentía obligado a decir «**LOGÍA**» para sus adentros.

ADMINISTRACIÓN se había transformado en **MINI RACIÓN**.

QUIRÓFANO en **U R ANO**.

PLANTA DE PEDIATRÍA se había visto reducido a **LA TA DE DIA**, y al verlo Tom no pudo evitar asentir. De día aquello era una lata, desde luego, aunque por las noches se animaba...

REHABILITACIÓN había pasado a ser **HAB ITA-CIÓN**.

FISIOTERAPIA se había convertido en **S E P IA**.

RAYOS X se había quedado simplemente en **RA**, como ese dios egipcio que siempre sale en los crucigramas.

También había un letrero que ponía **CENSOR**, pero Tom supuso que originalmente, en un pasado muy lejano, debía de poner **ASCENSORES**, así que siguió esa indicación.

Cuando llegó a los ascensores, vio que la flecha del indicador luminoso de las grandes puertas metálicas bajaba a toda velocidad. Suponiendo que serían los tres chicos, siguió la flecha, que no se detuvo hasta llegar a la «S» de sótano.

Tom tragó saliva. Allá abajo seguramente estaría oscuro. Y él detestaba la oscuridad. Peor aún: se le pasó por la mente que podría darse de bruces con el camillero. ¿Y si de pronto notaba que una mano lo detenía por la espalda y, al darse la vuelta, se topaba con aquella criatura de aspecto terrorífico?

Por un momento, se sintió tentado de volver sobre sus pasos, pero entonces cayó en la cuenta de que, si lo hacía, Sally pensaría que era un gallina. Así que, pese a no tenerlas todas consigo, pulsó el botón de llamada y esperó a que el ascensor subiera. Estaba nervioso.

¡TILÍN!

Las puertas se abrieron.

¡TILÍN!

Las puertas se cerraron.

Con un dedo tembloroso, Tom le dio a la «S» de sótano y el ascensor bajó a trompicones hasta las oscuras profundidades del hospital, donde se detuvo de pronto con una sacudida.

¡TILÍN!

Las puertas se abrieron y Tom salió a un pasillo oscuro.

Estaba a solas en el sótano del **HOSPITAL LORD MILLONETI**. Bajo sus pies descalzos notaba el frío y húmedo suelo de hormigón. En el techo había una serie de tubos fluorescentes, pero estaban casi todos fundidos, por lo que se vio sumido en una oscuridad casi total.

¡TILÍN!

Tom dio un respingo, pero no eran más que las puertas del ascensor, que habían vuelto a cerrarse.

A lo largo del pasillo que se extendía ante sí resonaba el sonido del agua que goteaba de las cañerías.

Tom enfiló el pasillo despacio. Cuando llegó al final, descubrió que se desdoblaba en cuatro pasillos más, dos a la izquierda y dos a la derecha. Aquello era un laberinto. El chico observó el suelo en busca de alguna marca que pudiera haber dejado una silla de ruedas. Apenas alcanzaba a ver nada en la penumbra, así que se agachó para examinar el suelo más de cerca. En ese instante, una criatura pasó rozándole la cara.

—¡Aaarrrggghhh!

Su grito resonó por el pasillo. En un primer momento, Tom pensó que era una rata, pero vio cómo la criatura se alejaba dando saltitos. Parecía más bien alguna clase de pájaro, pero ¿cómo podía haber un pájaro allá abajo?

En el suelo polvoriento Tom distinguió marcas de ruedas que avanzaban por uno de los pasillos de la derecha, así que las siguió.

Al poco, notó que el aire viciado del sótano se volvía más cálido. Unos pasos más allá se alzaba el gigantesco horno industrial en el que se incineraban los desechos del hospital. No muy lejos de allí, vio un enorme cesto con ruedas. Miró en su interior y comprobó que estaba lleno de ropa sucia. Por encima del cesto había una pequeña trampilla. En ese preciso instante, unas cuantas sábanas bajaron dando tumbos, salieron despedidas por la trampilla y cayeron al cesto de la colada. El chico comprendió que aquello debía de ser el tramo final de un sistema de conductos que bajaba desde las plantas superiores.

Las puertas se iban sucediendo a ambos lados del pasillo, que a su vez desembocaba en otros pasillos. Tom continuó avanzando, siguiendo aquellas marcas de ruedas que se adentraban cada vez más en el laberinto del sótano.

Las marcas lo guiaron hasta un pasillo que estaba oscuro como boca de lobo.

«En esta parte del sótano se habrán fundido todas las bombillas», se dijo Tom.

El chico lo pensó antes de seguir avanzando. La oscuridad era lo que más miedo le daba en el mundo, pero habiendo llegado hasta allí le parecía un poco tonto dar media vuelta. Tal vez estuviera a punto de encontrar a los demás y descubrir qué clase de aventuras los tenían despiertos a medianoche. Tom siguió adelante despacio, andando de puntillas. Ahora la oscuridad era tal que no alcanzaba a ver su propia mano aunque la tuviera delante de las narices, y decidió avanzar a tientas, tocando las paredes húmedas para guiarse. Justo entonces...

¡CATAPLÁN!

... un ruido ensordecedor resonó en los pasillos del sótano. Era como si una pesada puerta metálica se hubiese cerrado de golpe. Tom se preguntó quién más podría haber allá abajo. ¿El camillero?

Petrificado de miedo, el chico se detuvo en seco y aguzó el oído. Se pasó un buen rato a la escucha, pero todo era silencio. Estaba al borde del pánico. Aunque no movía ni un músculo, tenía la sensación de estar corriendo, cayendo al vacío o ahogándose.

Tom comprendió que bajar solo al sótano había sido un gran error. Tenía que salir de allí cuanto antes. Intentó volver sobre sus pasos, pero estaba tan asustado que acabó perdiéndose. Ahora corría a ciegas por los pasillos, descalzo y haciendo ondear los volantitos rosados de su camisón.

Sin aliento, y todavía aturdido por el golpe que había recibido en la cabeza, se detuvo a descansar un momento. Entonces notó que algo le agarraba el hombro. Se dio la vuelta. Era una mano.

—¡Aaarrrggghhh! —chilló.

CAPÍTULO 10

CAGARRUTAS DE CONEJO

—¿Qué se te ha perdido aquí abajo? —preguntó alguien. Era George, y parecía enfadado. Junto a él estaban Amber y Robin. En cuanto vieron a Tom, George y Amber rompieron a reír.

—¡Ja, ja, ja! —Se desternillaban de risa.

—¿De qué os reís? —se quejó Robin—. ¿Me lo queréis decir?

—Sí, ¿qué tiene tanta gracia? —preguntó Tom, casi seguro de que se reían de él.

—¡Tu camisón rosado con volantitos! ¡Ja, ja, ja! —contestó Amber.

—¡No es mío! —protestó Tom.

—Ah, ya veo —dijo Robin—. Bueno, ver, lo que se dice ver, no veo nada —añadió, dándose unas palmaditas en la venda que le cubría los ojos—, pero ya me entendéis.

—Si pudieras verlo, Robin, te mondarías de risa —le aseguró George.

—¿Tantos volantitos tiene? —preguntó Robin.

—Bueno... —respondió Amber—. Digamos que podría hacerse pasar por una tarta de boda y nadie lo notaría.

Robin debió de imaginárselo, porque se le escapó la risa.

—¡Madre mía! ¡Ji, ji, ji!

—¡Cerrad el pico de una vez! —gritó Tom, montando en cólera.

—¡Tiene razón, chicos, ya basta de reíros de él! —dijo Amber, aunque era la que más se había reído.

—Oye, Tom —empezó George—. Te he hecho una pregunta. ¿Qué haces aquí abajo?

—Os estaba siguiendo —contestó—. ¿Qué hacéis vosotros aquí abajo?

—¡No esperarás que te lo contemos! —replicó Amber—. ¡Vuélvete a la cama de una vez y deja de dar la lata, pesado!

—¡Ni lo sueñes! —dijo Tom.

—¡Vuélvete al sobre! —añadió George.

—¡No! —replicó Tom, desafiante—. ¡Ni lo sueñes!

—Si pudiera verte, te daría un guantazo —soltó Robin, muy enfadado—. ¡De buena te has librado, amiguito!

—Si no me lleváis con vosotros, ¡me chivaré! —anunció Tom.

Los otros tres se quedaron tan atónitos que no podían articular palabra.

Si algo estaba mal visto en el internado de Tom, era chivarse. Pese a que en San Guijuela no abundaba la camaradería, chivarse de los compañeros estaba estrictamente prohibido, aunque te hubiesen...

... echado natillas en los zapatos...

... tirado los deberes por el váter...

... enterrado todos los calzoncillos...

... encerrado en tu propia taquilla...

... metido un par de arañas peludas a los pies de la cama...

... obligado a comer un calcetín apestoso espolvoreado con virutas de queso, pero de los pies...

... pintado la nariz de azul mientras dormías...

... atado los cordones de los zapatos a la rama de un árbol, dejándote colgado boca abajo...

... puesto pegamento en la raqueta de tenis para que nunca más pudieras soltarla...

... mezclado cagarrutas de conejo con los fideos de chocolate de la tienda de golosinas y luego te hubiesen obligado a comértelo todo.

Así que a Tom no le gustaba chivarse de nadie, ni tan siquiera amenazar con hacerlo, pero en ese momento pensó que no le quedaba más remedio.

—¡Si no me dejáis acompañaros, me pondré a chillar como un loco y despertaré a todo el hospital! —amenazó.

—Aquí abajo nadie te va a oír —apuntó Robin.

En eso tenía razón.

—Muy bien, pues cogeré el ascensor hasta la planta baja y me pondré a chillar como un loco. No tardaré ni dos minutos en despertar a todo el hospital.

Aquella amenaza tal vez no fuera tan impactante como la anterior, pero por suerte tuvo el efecto deseado: hacer que los tres chicos hablaran.

—No puedes venir, porque lo que estamos haciendo es ultrasecreto —dijo Amber.

—¿Qué puede ser tan secreto? —preguntó Tom.

—Tenemos un club secreto —reveló Robin.

—¡Chicos, sobre todo no le digáis que se llama Amigos de Medianoche! —advirtió George.

—¡El club de los Amigos de Medianoche! —repitió Tom.

CAPÍTULO 11

¡CACA DE LA VACA PACA!

—¡Acabas de decirnos que no le revelemos el nombre del club! —protestó Amber.

La chica se llevó las manos a la cabeza y Robin soltó un suspiro.

—¡Qué nombre más molón! ¡Me encanta! Por favor, dejadme entrar en el club —suplicó Tom.

—¡No! —contestó George—. ¡Ni hablar del peluquín!

—¿Y por qué no? —protestó Tom.

El chico se moría de ganas de formar parte de los Amigos de Medianoche, aunque, al ser un club secreto, no tuviera ni la más remota idea de a qué se dedicaba. ¿Qué podía ser más emocionante que un club, y además secreto? Lo que hiciera o dejara de hacer era lo de menos. Lo único que importaba era que fuera secreto. ¡No solo secreto, sino ultrasecreto!

La pregunta de Tom cayó en saco roto, pues ninguno de los tres supo qué contestar.

—Porque es un club secreto —replicó Amber al fin—. Siempre lo ha sido.

—Pero yo ya sé que existe —repuso Tom—. ¡Lo formáis vosotros tres y se llama Amigos de Medianoche!

—¡Caca! ¡Caca de la vaca! ¡Caca de la vaca Paca que come espinaca y huele a cloaca! —maldijo Robin.

—Nos ha pillado —resumió George.

Tom sonrió, complacido.

—De eso nada —repuso Amber—. Este club es mucho más que eso. Es tan antiguo como el hospital.

—¿Qué quieres decir? —preguntó Tom.

—Se fundó hace cincuenta años, tal vez más —explicó la chica.

—¿Quién lo fundó?

—¡No te lo puedo decir! —contestó ella.

—¡Aguafiestas! —la acusó Tom.

—Amber no te lo puede decir porque en realidad tampoco lo sabe —precisó George.

—¡Muchas gracias, George! —contestó la chica con ironía.

—Nadie sabe quién fundó el club de Amigos de Medianoche —informó Robin—. Lo único que sabemos es que fue un niño que estuvo ingresado en este hospital, y que desde entonces la tradición ha ido pasando de unos pacientes a otros a lo largo de varias generaciones.

Los Amigos de Medianoche an estado akí

—¿Y por qué no puedo unirme al club? —preguntó Tom.

—Porque no admitimos a cualquiera —dijo Amber—. El club de los Amigos de Medianoche solo puede sobrevivir si se mantiene en secreto. Si alguien se fuera de la lengua, lo estropearía todo. Todavía no sabemos si podemos fiarnos de ti.

—¡Claro que podéis, os lo juro! —exclamó él.

—De acuerdo, Tom, escucha —dijo Amber con un suspiro de resignación—. Puedes venir con nosotros, pero solo por esta noche. Eso no significa que formes parte del club de los Amigos de Medianoche. Vamos a ver qué tal te portas. Considera esta noche un período de prueba y nada más que eso. Si pasas la prueba, podrás unirte al club. ¿Entendido?

—Sí —contestó Tom—. Entendido. Y ahora en marcha, club de los Amigos de Medianoche. Veamos qué aventura nos espera hoy. ¡Seguidme!

Dicho esto, el chico enfiló el pasillo a grandes zancadas.

Los otros tres se quedaron donde estaban, moviendo la cabeza en señal de negación.

—Esto..., perdona... —dijo Robin.

—¿Qué pasa? —preguntó Tom, dando media vuelta.

—No sabes adónde vas.

—Ah, claro. Perdón.

—Eso es lo que se llama empezar con mal pie —observó Amber. Como no podía mover los brazos, señaló la dirección adecuada con la cabeza—. ¡Por aquí, chicos! ¡Seguidme!

CAPÍTULO 12

SIGUIENDO
A LA LÍDER

Amber llevaba los brazos y piernas escayolados, así que apenas podía valerse por sí misma. Si se cayera de la silla de ruedas no podría levantarse, sino que se quedaría allí tumbada boca arriba con los brazos y piernas en el aire, como un escarabajo indefenso. No obstante, gracias a su indomable fuerza de voluntad, era la líder indiscutible del club de los Amigos de Medianoche. En el sótano del hospital, George, Robin y el miembro más reciente del club, Tom, acataron sus órdenes sin rechistar.

—¡Todo recto! ¡A la derecha! ¡A la derecha otra vez! Dobla a la izquierda al final del pasillo.

George era el encargado de empujar la silla de ruedas de Amber después de que Robin la estrellara contra unas cuantas paredes. Había quien sospechara que este lo había hecho adrede para librarse de empujar la silla. Ahora el pobre George estaba bañado en sudor y jadeando como un perro. Empujar la silla requería mucho esfuerzo porque una de las ruedas estaba pinchada.

—¿Quieres probar, Tom? —le ofreció George, resoplando, mientras intentaba empujar aquel viejo cacharro oxidado en línea recta.

—No, gracias.

—Empujar la silla de ruedas es muy divertido, ¿a que sí, Robin? —dijo George.

—Oh, sí, George, es la monda —dijo Robin, sin sonar demasiado convincente.

—Oye, Tom —empezó George—, si de verdad quieres unirte al club y que este período de prueba sea un éxito, tienes que empujar la silla de ruedas de Amber al menos un ratito.

Tom suspiró. El chico sabía que estaba cediendo a un chantaje, pero no tenía más remedio que aceptar.

—¡Vale, lo haré!

—¡Bien! —exclamó George levantando el puño.

—Chicos, deberíais estar peleándoos por el honor de empujar la silla de vuestra líder —apuntó Amber.

—¿Y quién dice que tú eres la líder? —preguntó Robin.

—¡Yo lo digo! —replicó la chica—. ¡Venga, Tom, que no tenemos toda la noche!

A regañadientes, el muchacho puso las manos sobre las empuñaduras y empujó la silla de ruedas.
Amber pesaba más de lo que había previsto, y le cos-
tó ponerse en marcha.

—¡Más deprisa, más deprisa! —ordenó
la chica.

—¿Adónde vamos? —preguntó Tom.

—Como he dicho hace un momento, estás en período de prueba —contestó Amber—. Nuestro destino es un secreto que solo conocen los miembros
del club, y tú de momento no lo eres. ¡A la derecha!

Obediente, Tom dobló a mano derecha y empujó
la silla de ruedas hasta lo que parecía un callejón sin
salida.

—¡ALTO! —ordenó la chica—. ¡Me has llevado por el camino equivocado!

—Me he limitado a seguir órdenes, señorita —replicó Tom—. Quiero decir..., Amber.

—No, puedes seguir llamándome «señorita» —dijo ella.

—Tengo que descansar un momento —anunció Tom, y se sentó en el suelo. Los otros dos chicos hicieron lo mismo—. Antes de seguir adelante, necesito que me expliquéis algo.

—¿El qué? —preguntó Amber, que no parecía demasiado satisfecha. Estaba claro que no podría avanzar un solo milímetro más si no contestaba primero a unas cuantas preguntas.

—Sigo sin entender qué razones tenía ese niño por fundar el club hace un porrón de años.

—Por lo general, no llegas a conocer todos los secretos de los Amigos de Medianoche hasta que te conviertes en miembro de pleno derecho del mismo —contestó la chica.

—Por lo que más quieras, díselo, Amber —suplicó George—. Yo no puedo seguir empujándote, tengo flato.

La chica **se mordió la lengua** para no decirles cuatro cosas a aquellos holgazanes.

—Cuenta la **leyenda** que ese niño en particular se pasó la tira de años ingresado en el **HOSPITAL LORD MILLONETI** —empezó Amber.

—¿Por qué? —dijo Tom.

—Supongo que tenía alguna enfermedad muy grave —contestó ella—. ¡Más grave que el flato, desde luego!

Antes de continuar, Amber dedicó una mirada asesina a George.

—El caso es que el pobre se aburría como una ostra. Estar enfermo es aburrido. Estar en el hospital es aburrido. Aquellos niños se morían por un poco de emoción. Así que un día, a medianoche, si hacemos caso a la leyenda, tuvieron la brillante idea de crear un club secreto para todos los niños de la planta infantil.

—Pero ¿qué hacía ese club secreto? —preguntó Tom.

—A eso voy —replicó Amber—, ¡si eres tan amable de no interrumpirme cada dos por tres!

Pese a la oscuridad del sótano, Tom vio que George le echaba una mirada cómplice. Amber tenía un carácter de armas tomar.

Seguro que los había puesto firmes infinidad de veces desde que habían ingresado en el hospital.

—Ese chico pensó que no era justo que todos los demás niños se lo pasaran en grande mientras ellos, los pacientes de la planta de pediatría, estaban obligados a quedarse en el hospital, y se dijo: «¿Por qué no unimos nuestras fuerzas para hacer realidad uno de nuestros sueños?». Y empezaron esa noche, con las doce campanadas.

—¿Por qué a medianoche?

—Porque los adultos nunca les habrían dado su visto bueno. Ese niño sabía que, si se enteraban de la existencia del club, harían todo lo posible por acabar con él, así que solo podían reunirse por la noche, mientras los adultos dormían. Luego, con el paso del tiempo, aquellos niños fueron abandonando el hospital a medida que se curaban de sus heridas o enfermedades, y fueron llegando nuevos pacientes a la planta de pediatría. Y si los miembros del club de los Amigos de Medianoche creían que podían confiar en uno de ellos, pero confiar de verdad, si estaban completamente seguros de que no les iría con el cuento a los médicos y enfermeras, ni a sus padres, ni a los profesores, ni siquiera a los amigos que tuviera fuera del hospital, entonces y solo entonces lo invitaban a unirse al club.

—¿Me habríais invitado a unirme al club? —preguntó Tom.

—Seguramente no —contestó Amber sin remilgos.

—¿Por qué no? —insistió el chico, bastante dolido.

—Si quieres que te diga la verdad, te veo un poco ENCLENQUE.

—¿ENCLENQUE?

—¡SÍ! ENCLENQUE. No hay más que ver todo el jaleo que has montado solo porque te dieron con una pelota de tenis en la cabeza.

—¡Era una pelota de críquet! —protestó Tom.

—Viene a ser lo mismo —opinó George.

—¡De eso nada! —exclamó Tom—. ¡Una pelota de críquet pesa muchísimo más!

—Ya, claro —replicó Amber con sarcasmo—. ¡Pesa tanto que un enclenque como tú no podría ni levantarla del suelo!

Los otros dos chicos rieron disimuladamente y Tom se enfurruñó. Sabía que no llegaría a ser un atleta olímpico, pero tampoco se tenía por un enclenque.

—¡Venga, Tom, no te lo tomes a mal! —dijo Amber.

—Supongo que, en realidad, el club de los Amigos de Medianoche no es más que una idea —reflexionó Robin—. Una idea que ha ido pasando de unos niños a otros.

—¿Como los piojos? —preguntó George sin que viniera a cuento.

—¡Sí, tal cual, George! —replicó Robin con ironía—. Menudo genio estás tú hecho. El club de los Amigos de Medianoche es exactamente como los piojos, pero sin picores, champús especiales, lendreras y, por supuesto, sin los propios piojos.

—¡Vale, vale! —replicó George—. No todos podemos ser Einstin... Einsteng... ¡como se llame!

—Si el club de los Amigos de Medianoche no se va renovando, acabará desapareciendo —continuó Amber—. Todos debemos recordar, incluida la líder, que no es algo que podamos hacer solos.

—Sobre todo si necesitas que alguien te empuje la silla de ruedas de aquí para allá... —insinuó Robin.

—El club de los Amigos de Medianoche solo funciona si todos sus miembros trabajan en equipo —dijo ella.

—Pero ¿cuál es su función? —preguntó Tom.

—Esa es la mejor parte —susurró Amber—: ¡Hacer realidad los sueños de los niños!

CAPÍTULO 13

UN SUEÑO

—¡Cuanto mayor sea ese sueño, mejor! —intervino George.

—¡Estaba hablando yo! —le recordó Amber.

—Perdón —dijo el chico.

—Se dice «perdón, señorita» —añadió Robin con retintín.

—Así que ya puedes ir pensando en cuál es tu sueño, Tom —anunció Amber—. Algo que siempre hayas querido hacer. ¿Qué me dices?

—Me gustaría que la comida de la escuela estuviera más rica.

—¡QUÉ ABURRIDO! —canturreó Robin.

—Hum... bueno, supongo que me gustaría no tener que volver a jugar al críquet...

—¡ME DUERMO!

—Ah, pues... hum... me gustaría no tener dos horas seguidas de mates los miércoles por la tarde...

—¡Que alguien me despierte cuando acabe!

—¡No lo sé! No se me ocurre nada.

—Venga, Tom —dijo George—. Seguro que se te ocurre algo. Pensar no es mi fuerte, y hasta yo lo conseguí.

Pero, por desgracia, la mente del chico se había quedado en blanco.

—¿Veis como tenía razón? —exclamó Amber—. Lo siento, Tom, pero no estás hecho para formar parte del club de los Amigos de Medianoche. ¡Aquí termina tu período de prueba!

—¡No! —protestó el chico.

—¡Sí! —replicó ella.

—¡Dame otra oportunidad, por favor! ¡Ya se me ocurrirá algo!

—¡No! —dijo la chica—. No tiene sentido que te unas al club de los Amigos de Medianoche si no hay un sueño que desees ver hecho realidad. ¡Votemos! Yo digo que no lo dejemos entrar en nuestro club. Chicos, ¿estáis de acuerdo?

—¡Yo voto por dejar entrar a Tom! —exclamó Robin.

—¡¿Qué?! —replicó Amber.

—Si a cambio se compromete a empujar tu silla de ruedas hasta nueva orden.

—¡Eso! ¡Si Tom se encarga de empujar la silla de

ruedas, lo admitimos en el club! —añadió George.

—¡Sois como un dolor de muelas, vosotros dos! —estalló Amber—. Bueno, Tom, parece ser que te admitimos. Pero ¡te va a tocar empujar!

—¡BIEN! —exclamó él.

—¡Vamos, levántate!

El chico hizo lo que le ordenaban.

—Dame la vuelta y empuja. ¡DEPRISA!

Tom empujó la silla de Amber por el pasillo tan deprisa como pudo.

—¡MÁS RÁPIDO! —ordenó la chica.

CAPÍTULO 14
LA CÁMARA DE ULTRACONGELACIÓN

Los cuatro niños recorrieron, uno tras otro, los pasillos del sótano del **HOSPITAL LORD MILLONETI**. Cuando pasaron por delante de la sala de calderas, Tom intentó echar un vistazo a su interior sin dejar de empujar la silla de ruedas de Amber. Vio una enorme cisterna de agua, grande como una piscina, de la que salían gigantescas tuberías de cobre que **traqueteaban** entre *silbidos*.

A continuación los niños dejaron atrás una especie de almacén oscuro y húmedo. Una vez más, Tom echó una ojeada a su interior. Allí dentro no parecía haber más que trastos viejos, como un desvencijado colchón tendido en el suelo. El club siguió adelante sin detenerse.

Al fin, Tom avistó un letrero que ponía CÁMARA DE ULTRACONGELACIÓN.

—¡Hemos llegado! —anunció Amber.

Tom no llevaba puesto más que aquel camisón rosado con volantitos.

—¡Será una broma! —exclamó.

—¿Qué quieres decir? —replicó Amber.

—¡No podemos entrar en una cámara de ultra-congelación! —protestó el chico.

Cuando abrieron la puerta de lo que resultó ser un congelador gigante en el que se almacenaban toneladas de comida del hospital, Amber dijo:

—No es una cámara de ultracongelación, sino ¡el Polo Norte!

—¿El Polo Norte? —preguntó Tom. Miró a Robin y George, pero estos no se inmutaron—. ¿A qué te refieres exactamente?

—¡Siempre he soñado con ser la primera chica que llega al Polo Norte! —confesó Amber.

—En cuanto salga del hospital voy a convertirme en una exploradora mundialmente famosa, y también seré la primera chica que lle-ga al Polo Sur. Quiero dar la vuelta al mundo en un velero, escalar las cumbres más altas, bucear en las profundidades marinas. ¡Quiero vivir la clase de aventu-

ras que solo existen en nuestros sueños más disparatados!

Tom la escuchaba en silencio, deseando ser capaz de soñar así, a lo grande. Siempre había sido un chico reservado, e incluso un poco tímido. No le gustaba destacar. Ahora que le pedían que revelara su gran sueño, descubría avergonzado que no tenía ninguno.

—¿Estabas explorando cuando te rompiste las piernas y los brazos? —preguntó entonces.

George miró a Tom como diciendo «yo que tú no me metería donde no me llaman». En cuanto a Amber, la pregunta pareció sentarle bastante mal.

—Si tanto te interesa —contestó—, te diré que tuve un accidente mientras escalaba una montaña.

—Eso no es del todo cierto, ¿verdad que no, querida? —intervino Robin.

La chica parecía incómoda.

—Bueno, vale, estaba entrenándome para escalar montañas.

A Tom eso seguía pareciéndole bastante impresionante.

—Yo no lo llamaría así —puntualizó Robin.

—¿Y cómo lo llamarías, señor sabelotodo? —replicó la chica con cara de pocos amigos.

—Lo llamaría «caerse de lo alto de la litera» —contestó el chico secamente.

Tom intentó con todas sus fuerzas no reírse, pero no pudo evitarlo. Se le escapó una sonora carcajada.

—¡Ja, ja, ja!

—¡Ja, ja, ja! —se le unió George.

Al cabo de unos segundos hasta Robin, siempre tan serio, se desternillaba de risa.

—¡Ja, ja, ja!

—¡SILENCIO! ¡Callaos de una vez! —gritó Amber.

Al ver lo mucho que se enfadaba la única chica del grupo, los chicos se rieron con más ganas todavía.

—Estoy esperando —dijo ella. Sonaba como una profesora.

Cuando por fin se les pasó el ataque de risa, la chica les urgió:

—Entremos de una vez, panda de atontados. ¡Seremos los primeros niños en pisar el Polo Norte!

George pidió ayuda a Tom, y juntos abrieron la enorme puerta metálica de la cámara de ultracongelación.

Una ráfaga de aire polar los golpeó en la cara.

Allí donde el aire gélido se mezclaba con el aire

cálido, se formaba una neblina blanca que en un primer momento lo envolvió todo. Poco a poco la niebla se fue disipando hasta revelar la más *magnífica de las vistas.*

CAPÍTULO 15

EL POLO NORTE

El rostro de los niños se iluminó de emoción cuando vieron el Polo Norte.

No era el Polo Norte de verdad, pero sí una increíble recreación del mismo. En el suelo había una capa de nieve de varios palmos, seguramente formada por todo el hielo que se había ido acumulando sobre las cajas de palitos de pescado rebozado y las bolsas de guisantes congelados. Había montículos de nieve, cuevas de hielo y hasta un iglú. Un ventilador colgado del techo daba vueltas en el aire, esparciendo pequeños trocitos de hielo por toda la cámara. Daba la impresión de que estaba nevando. Bañada por la luz fluorescente del pasillo, la nieve resplandecía como polvo de diamantes.

—¡Uau! —exclamó Tom.

—Es precioso... —dijo Amber.

La chica siempre se las daba de dura, pero Tom vio que tenía lágrimas en los ojos.

—Por favor, decidme qué veis —pidió Robin.

Deslumbrados por aquella visión, los chicos habían olvidado por completo que, desde que lo habían operado de la vista, Robin no veía nada, y aún tardarían semanas en quitarle los vendajes.

Es perfecto

—comentó Amber.

—¿Qué quieres decir? —preguntó el chico.

—Robin, hay nieve por todas partes —dijo Tom—.
Está cayendo del cielo.

—La noto en la cara.

—Y hay una montaña de nieve, y hasta un iglú —añadió Tom—. Y... ¡no me lo puedo creer! ¡Mira, Amber!

Había una bandera del Reino Unido apoyada a un lado del iglú. Estaba sujeta a un mástil de madera que parecía haber sido arrancado de algún edificio. Quién sabe, tal vez lo hubiesen arrancado de la fachada de aquel mismo edificio, el **HOSPITAL LORD MILLONETI**.

—¡Debe de estar ahí para que la clavemos en la nieve! —exclamó George—. ¡Como hacen los aventureros, para demostrar a todo el mundo que han estado realmente allí!

—¿Qué es lo que vamos a clavar en la nieve? —preguntó Robin con impaciencia.

—¡Una bandera! —contestó Tom—. Perdona, tendría que habértelo dicho.

—¡Pásamela! —ordenó Amber.

Con cuidado, Tom depositó el mástil de la bandera en sus manos. La chica intentó clavarla en el suelo, pero como tenía los brazos escayolados, no podía.

—¡No puedo hacerlo! —se lamentó Amber, frustrada.

—¡Yo te ayudo! —se ofreció Tom.

—¡NO! —replicó la chica, hecha una furia—. ¡Olvidemos todo esto! ¡Es una estupidez!

—No es una estupidez —dijo Tom—. ¿No dices que el club de los Amigos de Medianoche solo funciona si se trabaja en equipo?

—Sí, claro —refunfuñó Amber.

—Pues entonces déjame ayudarte. Es más, ayudemos todos. Hagámoslo todos juntos.

—Buena idea —dijo George, y guio las manos de Robin hasta el mástil. Entre todos, hundieron uno de sus extremos en la nieve, en medio de la cámara.

—¡He aquí la prueba de que yo, Amber Florence Harriet Latty, soy la primera chica en pisar el Polo Norte!

—¡Hurra! —exclamaron los chicos.

—Gracias, gracias... —respondió Amber con aires de grandeza—. Debo dar las gracias a unas pocas personas.

—¡La que nos espera! —dijo George.

—Puede que esto lleve algún tiempo —advirtió Robin a Tom en voz baja—. Amber adora hacer discursos.

—En primer lugar, me doy las gracias a mí misma. Sin mí, nada de esto habría sido posible.

—¡Cuánta humildad! —comentó Robin.

—Pero también me gustaría aprovechar esta oportunidad para dar las gracias a mis viejos amigos y a mi nuevo amigo del club de los Amigos de Medianoche.

Tal vez no estuvieran realmente en el Polo Norte, pero la expresión de orgullo en el rostro de la chica era real como la vida misma.

Tom abarcó con la mirada aquel paisaje polar en miniatura.

A medida que la neblina se desvanecía, reparó en que la comida del hospital que por lo general se almacenaba en la cámara de ultracongelación estaba apilada a un lado y cubierta de hielo para que no se viera, y eso lo llevó a preguntarse **quién habría hecho algo así**.

Justo entonces, una sombra se proyectó sobre los miembros del club. Algo o alguien acababa de pasar por delante de la puerta sin detenerse.

—¿Qué ha sido eso? —preguntó Tom con una punzada de pánico.

—¿El qué? —replicó George.

—Hay al-al-alguien ahí fuera —farfulló Tom.

—¿Dónde? —dijo Amber.

—En el pasillo.

—No ha sido nada —afirmó ella.

—Si no ha sido nada, ve a echar un vistazo —replicó Tom.

Hubo un silencio.

—A ver, ¿cómo quieres que salga y vaya a echar un vistazo yo sola en la silla de ruedas? —preguntó Amber.

—Yo podría salir, pero lo de echar un vistazo lo tengo complicado —se excusó Robin.

Todas las miradas se volvieron hacia George.

—Ahora voy, en cuanto me acabe esta terrina de helado —dijo el chico. Tenía la cara embadurnada de helado de chocolate, y volvió a hundir los dedos en la terrina.

Entonces todas las miradas se volvieron hacia Tom.

—¡Yo no puedo hacerlo! —exclamó.

—¿Por qué no? —preguntó Amber.

El chico se miró el camisón rosado con volantitos.

—¿Con estas pintas?

—¡Menuda excusa! —replicó ella—. Las chicas usan camisones. Propongo que votemos. Que levanten la mano los que estén a favor de que salga Tom a ver qué hay ahí fuera.

Como era de prever, los otros dos chicos levantaron la mano.

—Yo también levantaría la mía si pudiera. Bueno, pues está decidido —anunció Amber—. Ahí tienes la puerta, Tom.

—Pero... —protestó el chico.

—¿Quieres ser miembro oficial del club de los Amigos de Medianoche o no? —preguntó la chica, aunque sabía la respuesta.

—Sí, pe-pe-pero...

—Entonces ¡sal ahí fuera! —ordenó—. ¡Ahora mismo!

El hielo del suelo empezaba a fundirse, y Tom se las vio y se las deseó para no resbalar a cada paso. Poco a poco, se acercó a la puerta de la cámara de ultracongelación. Sacó la cabeza y miró a la izquierda, pero no vio nada. Luego miró a la derecha. Entonces algo emergió de entre las sombras. Era la inconfundible silueta de... un oso polar.

¡Grrr! —gruñó el oso.

¡Arrrggghhh!

—gritó el chico.

CAPÍTULO 16

EL OSO POLAR

En realidad no era un oso polar, sino un hombre disfrazado de oso polar. Y su disfraz tampoco era nada del otro mundo. Parecía hecho de bolas de algodón hidrófilo. Tenía dos agujeros a la altura de los ojos, las orejas estaban hechas de esponjas de baño y la nariz era la campana de un estetoscopio. Las garras eran ganchos de cortina y los colmillos no eran más que trozos de cartón blanco sacados de una caja de medicinas.

Al ver el «oso polar» de cerca, Tom ya no tuvo tanto miedo. Sabía que había una persona debajo de aquel disfraz.

Entonces esa persona se quitó la parte del disfraz que le cubría la cabeza.

Era el camillero.

HOMBRE DISFRAZADO DE OSO POLAR

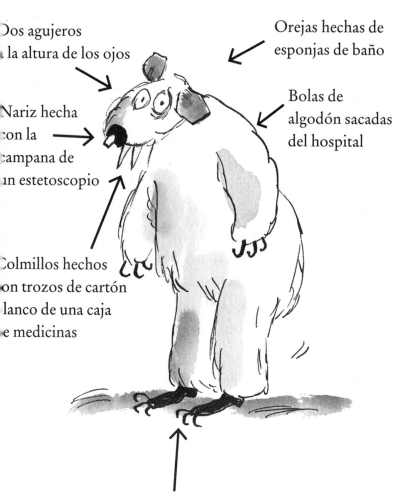

Dos agujeros a la altura de los ojos

Orejas hechas de esponjas de baño

Nariz hecha con la campana de un estetoscopio

Bolas de algodón sacadas del hospital

Colmillos hechos con trozos de cartón blanco de una caja de medicinas

Garras hechas con ganchos de cortina

Al ver el rostro desfigurado del hombre, el chico volvió a gritar:

—¡Arrrggghhh!

—¡Hola, niños! —saludó el camillero alegremente—. Siento llegar tarde.

El corazón de Tom latía como si fuera a salírsele del pecho.

—¿Q-q-qué? —preguntó con voz entrecortada.

—Tranquilo, joven Thomas —dijo el hombre—. Soy yo, el camillero.

—¿Eres tú quien está detrás de todo esto?

—¡Sí! Me llevó semanas esculpir ese paisaje polar con el hielo de la cámara de ultracongelación. Por suerte, llevaba años sin ser descongelada, así que había bastante «nieve» con la que jugar.

Tom estaba desconcertado. Le habían dicho que el club de los Amigos de Medianoche era solo para niños, y que los adultos no sabían de su existencia. ¿Qué demonios tendría que ver con el club aquel hombre de aspecto terrorífico?

—¡Hola, Camillero! —saludó Amber mientras George y Robin intentaban empujar su silla hasta la puerta de la cámara de ultracongelación.

—Buenas noches, señorita Amber —contestó el hombre—. Había pensado esconderme detrás del iglú y saltar disfrazado de oso polar para darte una sorpresa, pero no he podido coser las orejas a tiempo.

El hombre le enseñó la cabeza del disfraz de oso. Una de las esponjas negras que hacían las veces de orejas colgaba de un hilo.

—¡Es genial! —exclamó Amber—. Tu mejor disfraz hasta la fecha. Si pudiera, te daría un abrazo.

El camillero le dio unas palmaditas en la cabeza con la zarpa recubierta de suave algodón.

—¡Qué detalle! Gracias, jovencita. Tu deseo de llegar al Polo Norte me ha obligado a estrujarme bastante la sesera.

—¡Cuando ingresé en el hospital para que me sacaran las amígdalas, nunca imaginé que acabaría viendo un oso polar! —comentó George.

—No es un oso de verdad, George —apuntó Robin.

—¡Me he dado cuenta! —puntualizó el chico—. Poco después de que se quitara la parte de la cabeza.

—Pues menos mal... —replicó Robin por lo bajini.

—Pero, Camillero, ¿qué haces tú metido en todo esto? —preguntó Tom.

—¿Yo? Ah, bueno, siempre me ha gustado echar una mano al club de los Amigos de Medianoche, llevo haciéndolo desde el principio —contestó el hombre con un brillo especial en la mirada—. Pero no puedo dejar que la enfermera jefe se entere, porque me pondría de patitas en la calle.

—¿Y por qué lo haces si es tan peligroso?

—Bueno, creo que vale la pena arriesgarse. Si los pacientes del hospital se sienten felices, es mucho más fácil que se recuperen.

«Eso tiene sentido», pensó Tom, y luego preguntó:

—Pero... ¿y si no se recuperan?

—Aunque los pacientes no mejoren, siempre pueden sentirse mejor. Y eso ya vale la pena.

—Desde luego que sí —asintió Robin.

—Yo no soy más que un humilde camillero, el más insignificante de todos trabajadores del hospital... —se lamentó el hombre, arrastrando las palabras.

—¡Tú no eres insignificante! —exclamó Amber.

—Eres muy amable —contestó el hombre.

—Más insignificante es el que limpia los lavabos —añadió George.

—Vaya, seguro que eso le hace sentirse mucho mejor —apuntó Robin con retintín.

—Limpiar los lavabos es un trabajo importante, jovencito, aunque desagradable. Yo nunca tuve ocasión de ir a la universidad y estudiar medicina, aunque ese habría sido mi gran sueño. Pasé buena parte de mi infancia en un hospital no muy distinto de este, intentando enderezar esto, mover lo de más allá —dijo, señalando su cara deforme—. Pero todo fue en vano, y no pude acceder a una buena educación. Me hubiese encantado ir a la escuela, pero me dijeron que estaría mejor en el hospital, donde no asustaría a los demás niños.

De pronto, Tom sintió una punzada de remordimientos. Había chillado al ver al camillero, y no una vez, sino dos.

—Yo llevo dos meses en el hospital con estas dichosas escayolas en los brazos y las piernas —dijo Amber—, y en este tiempo he visto entrar y salir a muchos niños de la planta infantil. He visto cómo muchos sueños se hacían realidad. Y nada de eso habría sido posible sin ti.

El camillero parecía un poco avergonzado.

—Vaya, muchas gracias, señorita Amber. Hay que reconocer que algunos de esos deseos han salido a las mil maravillas, ¿verdad que sí?

—¡Habladme de ellos, por favor! —suplicó Tom.

CAPÍTULO 17

PERIPECIAS

—¡El club de los Amigos de Medianoche vivió una emocionante noche en las carreras! —empezó Amber.

—¡Con sillas de ruedas! —continuó el camillero—. Había un chaval llamado Henry que no podía andar. Era así de nacimiento. Pero el joven Henry se moría por ser piloto de carreras, así que le hice unos arreglillos a su silla de ruedas eléctrica para que pudiera circular a gran velocidad. ¡Se ponía a cien kilómetros por hora! Cuando pasaba a toda *mecha*, se convertía en un borrón. ¡Por supuesto, todos los demás niños de la planta infantil querían probar la silla!

—¡Es que no era justo! —exclamó George—. ¡Vaya suerte la de Henry!

—¿Suerte? —dijo Robin—. ¡No podía andar!

—Vale, puede que haya exagerado un poco.

—Así que busqué unas sillas de ruedas viejas y oxidadas que llevaban siglos pudriéndose aquí abajo —explicó el camillero con su embrollada forma de hablar— y las equipé con motores que cogí «prestados» de las máquinas cortacésped que tenía el jardinero en su cuartito de las herramientas. Luego pinté un número a cada niño en la espalda del pijama, les planté un paño de cocina a modo de bandera ¡y allá que se fueron todos!

—¡Nos pasamos toda la noche haciendo carreras por los pasillos del hospital! —exclamó George—. ¡Yo llegué el tercero!

—Solo había tres participantes en la carrera —señaló Amber.

—¡Vale, pero de todos modos llegué el tercero!

—Yo me estampé ciento tres veces, pero aun así me lo pasé pipa —añadió Robin—. No me preguntes cómo, pero llegué el segundo.

Aunque habían empezado a temblar a causa del frío, los chicos no podían parar de contar sus peripecias con el club de los Amigos de Medianoche. La «nieve» seguía cayendo del techo mientras compartían aquellas anécdotas tan maravillosas como verdaderas.

—¿Y qué me decís de aquella niña pequeña que se llamaba Valerie? —planteó Amber—. No tendría más de diez años, pero vivía obsesionada con la Historia. De mayor, quería ser arqueóloga. Su gran sueño era estudiar los tesoros del Antiguo Egipto.

—¿Cómo lo conseguisteis? —preguntó Tom.

—Bueno, robé... quiero decir, «cogí prestados» unos cuantos rollos de gasa de la botica del hospital —dijo el camillero— y los demás niños se vendaron unos a otros de pies a cabeza para hacerse pasar por momias egipcias. Luego construí una pirámide con cajas de cartón y los niños se metieron todos dentro. Cuando ya lo tenía todo listo, la joven Valerie entró en la pirámide imaginando que era una arqueóloga en busca de la tumba del faraón.

—Yo me perdí cuando volvía a la planta de pediatría —comentó Robin—, y como no veía tres en un burro, acabé en la planta equivocada y les di un susto de muerte a unos pobres abuelitos. ¡Se pensaban que era una momia de verdad que había vuelto del más allá! ¡Ja, ja, ja!

—Se nota que lo pasasteis genial —dijo Tom—. Me encantaría vivir una aventura así, con un toque terrorífico.

—Es una pena que no estuvieras aquí con nosotros la última noche de Halloween, joven Tom —comentó el camillero.

—¿Qué pasó esa noche? —preguntó Amber.

—Sí, por entonces ninguno de nosotros estaba en el hospital —añadió Robin—. ¡Cuenta, cuenta!

—Bueno, en la planta de pediatría había una jovencita que se llamaba Wendy. Había ingresado en el hospital para someterse a una operación. Wendy llevaba un poco mal la perspectiva de pasar tanto tiempo aquí encerrada, no solo porque se perdería la noche de Halloween y no podría salir a hacer truco o trato, sino también porque tendría que saltarse sus clases de bailes de salón.

—¿Y qué hiciste? —quiso saber Tom.

—Pensé que sería buena idea mezclar las dos cosas, así que organicé un concurso de bailes de salón que empezaba a medianoche.

—¡Eso no suena nada **terrorífico**! —dijo Amber.

—¡Verás, jovencita, la gracia estaba en que todos los niños bailaban con esqueletos!

—¿Con esqueletos de verdad? —preguntó Tom con cierto repelús.

—¡No! ¡Por supuesto que no! Eran los modelos de plástico que los médicos tienen en sus consultas.

—¡Menos mal!

—Y Wendy se llevó el primer premio, por supuesto.

—Por lo menos no lo ganó ningún esqueleto —comentó Robin—. Eso habría sido de lo más escalofriante.

—Pero ¡vosotros tres sí que estabais en el hospital cuando el club de los Amigos de Medianoche se apuntó a hacer surf! —recordó el camillero.

—¡Oh, sí! Un chico llamado Gerald había perdido una pierna en un terrible accidente de tráfico —apuntó Amber.

—¡Qué horror! —exclamó Tom.

—Más horroroso fue lo que le dijo la enfermera jefe: que ya podía olvidarse de llegar a ser un surfista profesional.

—¡Menuda bruja! —soltó Robin.

—Pero el club de los Amigos de Medianoche demostró que estaba equivocada —continuó la chica—. ¡Ayudamos a Gerald a subirse a una camilla y, entre todos, lo llevamos en volandas escaleras arriba y escaleras abajo, como si estuviera cogiendo la ola perfecta!

—¡Genial! —dijo Tom.

—Y cómo olvidarnos de aquel jovencito cuyo mayor sueño era tomar el té con la reina... —apuntó el camillero con su lengua de trapo—. Sandy, se llamaba.

—¿Y eso cómo se consigue? —preguntó Tom.

—No sé si me parecía demasiado a la reina... —empezó Robin—. Llevaba una cortina de ducha sobre los hombros a modo de capa y una cuña en la cabeza que hacía las veces de corona.

PALACIO DE BUCKINGHAM

—¡Yo era el encargado de los perritos de la reina! —anunció George, muy orgulloso.

—¿Y eso? —preguntó Tom.

—Una noche recorrimos a escondidas todas las plantas del hospital en busca de las pantuflas más suaves y peludas que pudiéramos encontrar, y luego las fijamos con unos alambres a una especie de barra para que yo pudiera moverlas de aquí para allá mientras ladraba como un perro.

—Eran de un realismo apabullante... —comentó Robin con ironía.

—¡A Sandy le gustaron mucho! —replicó George.

—¡Sí, hasta que lo golpeaste en la cabeza con la barra!

—¡Eso no fue culpa mía! —protestó George—. ¡Esos perros estaban descontrolados!

—¡Desde luego! —convino Robin.

—La semana pasada tuvimos a un chico en la planta infantil que se moría de ganas de ser humorista —dijo Amber.

—Se llamaba David y el problema era que no tenía ni pizca de gracia —añadió Robin—. Y cuando digo ni pizca, quiero decir ni pizca. Más que contar chistes, los destrozaba. Por ejemplo: «Me suenas de algo. ¿Qué le dice la nariz al pañuelo?».

—¿Qué?

—Espera, que puede ser peor todavía: «Va un niño y le pregunta a la maestra: "Seño, ¿usted me castigaría por no hacer los deberes, quiero decir, por algo que no he hecho?" "Claro que no, dice la profesora". "¡Ah, qué bien, porque no he hecho los deberes!"».

—¡No sigas, por favor! —suplicó Tom.

—Y ahora el mejor de todos: «¿Qué helado oscuro tiene Darth Vader en la nevera?»

—No lo pillo —dijo George.

—Tendría que haberlo contado al revés: «¿Qué tiene Darth Vader en la nevera? ¡Helado oscuro! —explicó Amber.

—Sigo sin pillarlo —insistió George.

—El bueno de David... —comentó el camillero— no tenía ni idea de que era tan malo contando chistes, y lo que más deseaba en el mundo era hacer reír a la gente.

—¿Y qué hicisteis? —preguntó Tom.

—Cogí «prestada» una bombona de gas hilarante —respondió el hombre.

—¿Qué es eso?

—Algo que los médicos usan para tratar el dolor. Pero se llama gas hilarante o «gas de la risa» porque además de anestesiarte te hace reír. Así que, sin que David lo supiera, vacié la bombona en una habitación llena de futuros padres que esperaban noticias de la planta de maternidad. Luego hice pasar a David. El chico se puso a contarles sus chistes sin pies ni cabeza y, ¡oh, sorpresa, los futuros padres se desternillaban de risa con cada palabra que salía de su boca!

—¡JA, JA, JA, JA, JA, JA, JA, JA, JA, JA, JA, JA, JA, JA, JA, JA, JA, JA, JA, JA, JA!

—¡Uno de mis momentos preferidos fue cuando el club de los Amigos de Medianoche nadó con delfines! —recordó George.

—Y eso ¿dónde fue? —preguntó Tom.

—¡En la cisterna de agua del hospital, por supuesto! —contestó el camillero—. ¡Es inmensa! ¡Del tamaño de una piscina!

—¿Y los delfines?

—Estuve tentado de coger uno «prestado» del acuario, pero después descarté la idea. Con la ayuda de los niños pinté unos cojines inflables para que parecieran delfines y monté un sistema de cuerdas y poleas para hacer que se deslizaran sobre el agua. Tendrías que haber visto la cara del pequeño Mohammed... Creo que solo tenía seis añitos, pero ¡disfrutó de lo lindo!

—¡El safari fue lo más! —opinó George.

—Oh, sí, lo organizamos para unos gemelos, Hugh y Jack —explicó el camillero—. Los riñones de Hugh no funcionaban bien y Jack iba a donarle uno de los suyos. Las operaciones los obligaron a pasar una buena temporada en el hospital. Para su aventura del club de los Amigos de Medianoche, los demás niños de la planta infantil improvisaron disfraces de animales con toda clase de objetos encontrados en el hospital. Una manguera se convirtió en la trompa de un elefante, una alfombrilla de baño en la melena de un león, una prótesis de pierna en el cuello de una jirafa... También cogimos «prestada» una motosilla que hacía las veces de todoterreno de los gemelos. Esa noche se pusieron a dar vueltas por el hospital y los demás niños salían a su paso disfrazados de animales salvajes.

—¡Genial! —dijo Tom—. Sencillamente genial. ¿Y vosotros dos, ya habéis hecho realidad vuestros sueños? —preguntó, dirigiéndose a Robin y George.

CAPÍTULO 18

¡POM, POM, POM, POM!

—Mi sueño se cumplió hace unos días —contestó Robin. Seguían en el sótano del **HOSPITAL LORD MILLONETI**—. Y eso que yo estaba convencido de que el mío era un reto imposible para el club de los Amigos de Medianoche. Verás, en la escuela me han dado una beca para estudiar música. Se me da bien tocar el piano y el violín. Bueno, en realidad se me da bien tocar cualquier instrumento, y de mayor quiero ser compositor. No será fácil, pero yo me voy preparando por si algún día suena la flauta, nunca mejor dicho. Mi género preferido es la música clásica, y sobre todo la ópera, así que mi gran sueño era dirigir una orquesta.

—Eso sí que fue un reto —dijo el camillero—. Una orquesta puede llegar a tener un centenar de músicos, así que tuve que traer a niños de todos los hospitales de Londres para que nos echaran una mano.

—¿Y qué instrumentos tocaron? —preguntó Tom.

—¡Instrumentos médicos! —contestó Robin—. Yo era el director, así que elegí mi composición musical preferida, la *Quinta sinfonía* de Beethoven.

¡POM, POM, POM! ¡POM, POM, POM!

—¿Qué tal sonaba? —preguntó Tom.

—¡Fatal! Pero lo importante no era si la orquesta sonaba bien o mal —añadió Robin—, ¡sino lo que yo sentí al dirigirla!

Había un brillo especial en la mirada del chico.

—¿Y qué sentiste? —continuó Tom.

—Es difícil de explicar, pero ¡supongo que lo más parecido a dirigir una orquesta sería tocar el cielo! —contestó el chico.

—¡Uau! —exclamó Tom. Iba a tener que pensar en algo extraordinario si quería estar a la altura de aquellos sueños.

—¡Yo soy el siguiente! —intervino George, todo emocionado—. La próxima vez que el club de los Amigos de Medianoche pase a la acción será para hacer realidad mi sueño.

—Tómatelo con calma, joven George —le aconsejó el camillero—. Estoy completamente estancado con este deseo en particular.

—¿Qué has pedido? —preguntó Tom.

—Quiere volar —dijo Amber.

—¿En un avión? —preguntó Tom.

—¡Oh, no, qué va! Eso sería demasiado fácil —respondió Robin—. El bueno de George quiere volar como un superhéroe. Despegar sin más y

¡fiuuu! ¿Es un pájaro, es un avión? ¡No, es Su-perGeorge!

Tom miró a George. Era un chico corpulento. Costaba imaginar a alguien menos dotado para el arte de volar. Parecía imposible. Puede que el suyo fuera un sueño demasiado difícil de hacer realidad, incluso para el poderoso club de los Amigos de Medianoche.

Pero el camillero no se rendía fácilmente.

—Ya se nos ocurrirá algo —farfulló—. No te preocupes, joven George. Siempre se nos ocurre algo. Lo único que se necesita es imaginación. Bueno, se nos ha hecho tarde, o pronto, según se mire. Voy a recoger todo esto. —El hombre señaló el Polo Norte que había creado especialmente para esa noche—. Es hora de que os vayáis a dormir.

Los niños se lo estaban pasando tan bien que se resistieron.

—¡Noooooo! —protestaron.

—¡SÍ! —replicó el camillero—. Hace horas que deberíais estar en la cama.

A regañadientes, salieron los cuatro de la cámara de ultracongelación y enfilaron el pasillo.

—Hum, ¿joven Thomas...? —llamó el camillero cuando ya se iban.

—¿Sí? —contestó Tom.

—No estoy seguro de que te guste llevar puesto ese camisón de noche rosado con volantitos...

—No me gusta. Ni un pelo.

—Eso me parecía. No sé por qué te lo ha dado la enfermera jefe. Tiene pijamas de sobra en su despacho.

—¿De veras? —Tom no salía de su asombro—. Y entonces ¿por qué me ha hecho ponerme esto?

—Esa mujer tiene el corazón duro como una piedra. Disfruta haciendo sufrir a los niños que tiene a su cargo.

—¿Por qué? —preguntó Tom.

—Le gusta ser cruel. Supongo que así se siente poderosa. Por eso te obligó a ponerte ese camisón.

—La odio —dijo el chico entre dientes.

—No lo hagas. Supongo que eso es lo que ella quiere. Si la odias, habrás dejado que se salga con la suya. Y tu corazón también se endurecerá. Sé que es difícil, pero, por favor, intenta no seguirle el juego.

—Lo intentaré.

—Bien —dijo el camillero—. Mientras tanto, yo te buscaré un pijama.

—Gracias... —contestó Tom—. Perdona, pero no sé cómo te llamas.

—Puedes llamarme Camillero a secas, como hace todo el mundo.

A Tom le resultaba un poco extraño llamarlo así, pero no había tiempo para discutir.

—De acuerdo... Gracias, Camillero.

—¡En marcha, novato! —ordenó Amber—. ¡Te toca empujar!

Con un suspiro de resignación, Tom se puso a empujar otra vez la silla de ruedas y el grupo se dirigió al ascensor.

—¿Qué tiene Darth Vader en la nevera? ¡Helado oscuro! —dijo George, y soltó una carcajada—. ¡JA, JA, JA!

—¿Se puede saber qué te pasa? —preguntó Robin.

—¡Acabo de pillar el chiste!

—La próxima vez acabaremos antes enviándote la explicación por correo —bromeó el chico.

—Eso tardaría demasiado —replicó George sin pizca de ironía.

CAPÍTULO 19

COMO LOS CHORROS DEL ORO

Nadie se atrevía a abrir la boca mientras el ascensor emprendía el largo viaje de vuelta, subiendo por las entrañas del hospital hasta la planta 44. Amber, George, Robin y el miembro más reciente del club de los Amigos de Medianoche, Tom, sabían que se les caería el pelo si los sorprendían fuera de la cama en mitad de la noche.

Los cuatro niños vieron pasar los números de los pisos con creciente ansiedad, desde la «S» del sótano hasta...

PB, 1, 2, 3...

Era ya de madrugada.

4, 5, 6...

En el **HOSPITAL LORD MILLONETI** seguía reinando el silencio.

7, 8, 9...

Todos los pacientes adultos dormían.

10, 11, 12...

Pero unos pocos médicos y enfermeras seguían de guardia durante la noche.

13, 14, 15...
¡TILÍN!

Los niños se miraron unos a otros con cara de pánico. El ascensor se había detenido, pero no en la planta infantil.

—¡Oh, no! ¡Nos han pillado! —dijo George.

—¡Chisss! —susurró Amber.

Por desgracia para Tom, él era el que estaba más cerca de las puertas del ascensor, que empezaron a abrirse.

—¡Di algo, Tom! —ordenó Amber en susurros.

—¿Yo? —replicó él.

—¡Sí, tú! —insistió ella.

Las puertas del ascensor se abrieron del todo, y los chicos vieron ante sí a una de las limpiadoras del hospital. Según su tarjeta identificadora, se llamaba PERLA.

Al verlos, Perla se quedó estupefacta. Llevaba en la mano una vieja y mugrienta fregona con su cubo, y un cigarrillo humeante le colgaba del labio inferior. La mujer abrió la boca en una mueca de pasmo y el cigarrillo dejó caer una larga columna de ceniza al suelo.

Perla se quedó mirando al grupo de niños con profunda desconfianza. Ante sí había un chico que llevaba un camisón rosado con volantitos, y detrás de él otros tres niños, todos con ropa de dormir.

—¿Qué diantres hacéis fuera de la cama a estas horas? —preguntó la limpiadora. La voz de Perla era grave y áspera, sin duda porque llevaba toda la vida fumando. El cigarrillo que pendía de sus labios rebotaba arriba y abajo con cada palabra que pronunciaba.

—¡Una excelente pregunta, señora! —contestó Tom, tratando de ganar tiempo—. Lo cierto es que el director del hospital, el señor Periquete...

—¡Peripuesto! —corrigió Amber en susurros.

—... Peripuesto, nos ha encargado un informe sobre la limpieza del hospital.

—¿Lo *cualo*? —preguntó Perla.

—Así es —intervino

Robin, tomando el relevo—. Hemos estado inspeccionando el hospital de arriba abajo.

¡TILÍN!

Las puertas del ascensor empezaron a cerrarse, para alivio de todos los niños. Pero justo entonces la mujer metió un pie dentro y las puertas volvieron a abrirse.

—¿Por qué iba a pedirle el director a un puñado de mocosos que hicieran algo así? —preguntó Perla.

Nadie supo qué contestar.

Todos los ojos se volvieron hacia Robin, que pasaba por ser el más listo del club.

—Ha querido que unos niños inspeccionen la limpieza del hospital porque... —respondió—, como tal vez habrá observado, los niños son más bajitos que los adultos, por lo que se hallan más cerca del suelo. Eso hace que nos resulte más fácil distinguir cualquier rastro de polvo o suciedad —concluyó.

Los otros tres niños parecían muy impresionados con su labia.

—Pero ¡si llevas los ojos vendados! ¡No ves ni torta! —replicó la limpiadora.

Razón no le faltaba, desde luego.

—¡Ahí es donde entro yo! —dijo Tom—. Yo soy, por así decirlo, los ojos del grupo. Y debo decir que este suelo está hecho una pocilga.

Perla tenía el raro don de dejar todo lo que tocaba más sucio de lo que estaba antes. De hecho, había limpiado el suelo con un cubo de agua tan turbia que había una oscura mancha justo donde acababa de pasar la fregona.

—Pero ¡si acabo de fregarlo! —protestó Perla.

—Pues lo siento mucho, pero tendrá que volver a hacerlo —concluyó Tom.

¡*TILÍN*!

Las puertas del ascensor intentaron cerrarse de nuevo.

Pero, una vez más, la limpiadora se lo impidió plantando un pie dentro.

Una voluta de humo entró flotando en el ascensor.

—¡Yo soy la nariz del grupo! —intervino Amber—. Y lamento decir que hay un váter en la planta 7 que necesita una desinfección urgente.

—Pero ¡si acabo de limpiarlos! —protestó Perla.

—Alguno se le habrá escapado —replicó la niña.

—O eso, o acaba de usarlo alguien que está muy malito de la tripa —añadió Robin.

—¡Sí, porque lo huelo

desde aquí! —agregó Amber, arrugando la nariz a causa de aquel hedor imaginario.

—¡Yo no huelo nada! —exclamó George.

Tom le dio un codazo para que se callara.

—Si es usted tan amable de retirar el pie de la puerta —pidió Tom—, la comisión de inspección sanitaria podrá seguir su camino. No quisiéramos vernos obligados a dar parte de usted al director, ¿verdad que no, chicos?

Los demás miembros del club negaron con la cabeza entre murmullos.

—Yo que usted buscaría ese váter de la séptima planta ¡y lo dejaría como los chorros del oro! —remató Amber.

—Ya, ya... —convino la mujer, apartando el pie y dejando caer más ceniza al suelo.

—Una última cosa, Perla —dijo Robin.

—¿Qué pasa?

—Debería usted dejar de fumar. En el hospital se rumorea que es malo para la salud. ¡Bueno, ha sido un placer! ¡Hasta la vista! —fueron sus palabras de despedida.

¡TILÍN!

CAPÍTULO 20
EL JURAMENTO

Finalmente las puertas se cerraron y los cuatro niños suspiraron de alivio. El ascensor siguió subiendo a trompicones hacia la planta de pediatría. En cuanto tuvieron la seguridad de que la limpiadora no podía oírlos, todos rompieron a reír a carcajadas:

—¡JA, JA, JA!

—¡Bien hecho, Tom! —dijo Amber—. ¡Inspectores de limpieza! ¡Eres un genio! Nos has salvado el pellejo. Si pudiera, te daría una palmadita en la espalda.

La chica señaló con la mirada sus brazos escayolados.

—Y yo te la daría si te viera —dijo Robin, con una sonrisa asomando por debajo de las vendas.

—¡Está visto que tendré que hacerlo yo! —concluyó George, y le dio cuatro palmaditas a Tom—. ¡Una por cada uno de nosotros!

—Pero ¡si somos tres! —observó Amber.

—Lo siento, las mates nunca han sido mi fuerte —replicó George.

—Bueno, ¿quiere esto decir que ya soy miembro de pleno derecho del club de los Amigos de Medianoche? —preguntó Tom, esperanzado—. Después de las aventuras de hoy se habrá acabado el período de prueba, ¿no?

Se hizo el silencio, solo roto por el traqueteo del ascensor.

—Por favor, danos un momento para deliberar —repuso Amber.

Los tres chicos se apiñaron en un rincón del ascensor, hablando en susurros mientras Tom esperaba sin poder evitar sentirse excluido.

—Reunido el club de los Amigos de Medianoche —expuso Amber despacio—, los miembros de la junta han decidido...

—¡Que sí! —dijo George, adelantándose a Amber.

La chica parecía de lo más contrariada.

—¡Quería hacerlo esperar! —protestó.

—¡GRACIAS! —exclamó Tom. Tenía ganas de bailar.

En el internado, siempre se había sentido como un intruso. No estaba en el equipo de rugby, ni en la pandilla de los chicos populares, ni siquiera estaba en el grupo de los pringados. Pero ahora formaba parte del club más guay del mundo, el club de los Amigos de Medianoche.

—No sabéis lo contento que estoy.

—La cuota de socio es de mil libras al año. Solo aceptamos pagos en efectivo —añadió Robin.

Por unos instantes Tom se sintió confuso hasta que, al ver la sonrisa del chico, comprendió que era broma.

—Pues yo todavía no la he pagado —comentó George con inquietud.

—Puedes darme el dinero mañana a primera hora —replicó Robin.

—Pero ¡yo no tengo mil libras! —protestó George.

—¡Que te está tomando el pelo, ignorante! —dijo Amber—. Pero tienes que hacer un juramento, Tom, eso sí.

—Un solemne juramento —añadió Robin— por el que declaras tu lealtad al club de los Amigos de Medianoche.

—Repite conmigo —ordenó Amber—: Juro solemnemente...

—Juro solemnemente... —empezó George.

—¡Tú no, George! —replicó Amber—. Ya eres miembro del club.

—Ah, claro —dijo el chico.

—Juro solemnemente... —repitió Tom.

—Que siempre antepondré las necesidades de mis compañeros del club a las mías... —continuó Amber.

—Que siempre antepondré las necesidades de mis compañeros del club a las mías...

—Y guardaré los secretos del club de los Amigos de Medianoche por siempre jamás.

—Y guardaré los secretos del club de los Amigos de Medianoche por siempre jamás.

¡TILÍN!

Las puertas del ascensor se abrieron en la planta 44.

—¡Enhorabuena! —dijo Amber—. Tom, a partir de este momento perteneces oficialmente al club de los Amigos de Medianoche.

CAPÍTULO 21

UNA VOZ EN LA OSCURIDAD

En cuanto las puertas del ascensor se abrieron en el último piso del hospital, los cuatro amigos enmudecieron. Sabían que tenían que regresar a la planta de pediatría tan sigilosamente como les fuera posible. La enfermera jefe no tardaría en despertarse. Si es que no lo había hecho ya.

En el silencio sepulcral de la noche cualquier ruidito, por pequeño que fuese, sonaba estruendoso:

El **clonc** de la puerta de vaivén que daba a la planta de pediatría.

El **ñec** de los pies descalzos de Tom en el suelo reluciente.

El *ñii* de las zapatillas de piel de Robin a cada paso que daba.

El **chiquichaque** de la rueda pinchada de la silla de Amber.

La **respiración** jadeante de Tom, que empujaba la silla de ruedas.

La alegre **melodía** que George iba tarareando.

—¡*Chisss*! —susurró Amber—. ¡Silencio!

—¡Perdón!

En la planta de pediatría reinaba la oscuridad, solo rota por la luz que llegaba desde el despacho de la enfermera jefe, al final del pasillo, o por el resplandor del Big Ben que se colaba por la ventana. El club de los Amigos de Medianoche suspiró de alivio al comprobar que la enfermera jefe seguía durmiendo como un tronco en su despacho, con la cabeza apoyada sobre la mesa.

—¡JJJJJJRRRRRR!... PFFF...
¡JJJJJJRRRRRR!... PFFF

Al observarla más de cerca, Tom comprobó que tenía los labios embadurnados de chocolate, y que la saliva se le había escapado por la comisura de la boca hasta formar un charquito de baba marrón sobre el escritorio. Tom sonrió para sus adentros al verla en una postura tan poco digna y luego regresó a su cama de puntillas para no despertarla.

—¡Chicos, primero tenéis que ayudarme! —les recordó Amber.

Los tres muchachos corrieron a sacarla de la silla de ruedas para acostarla en su cama.

Sin embargo, justo cuando la estaban levantando a peso, una voz sonó en medio de la oscuridad:

—¿Dónde habéis estado todo este tiempo?

Con el susto, los chicos dejaron caer a Amber.

—¡AAAAYYY! —gritó ella.

CAPÍTULO 22

LLUVIA DE MOCOS

—He dicho que dónde habéis estado todo este tiempo.

Era Sally.

La niña calva y paliducha seguía en su cama, en el extremo opuesto de la planta infantil. Una vez más, sus compañeros la habían dejado atrás mientras se iban en busca de nuevas aventuras.

—¡En ningún sitio! —contestó Amber, cortante. Le dolía todo después de que los chicos la dejaran caer al suelo mientras intentaban trasladarla a la cama.

—Eso no es posible —replicó Sally—. En algún sitio habréis estado.

—¡Vuelve a dormirte! —ordenó Amber en susurros.

—¡No! —replicó Sally—. Tom me prometió que me lo contaría todo sobre las aventuras de la noche. ¿A que sí, Tom?

Todos se volvieron hacia el chico, que en ese preciso instante se estaba metiendo en la cama.

—Bueno... —dijo, deseando que se lo tragara la tierra. Sabía que los otros miembros del club de los Amigos de Medianoche no querrían que revelara sus secretos. No sabía qué hacer. Se sentía dividido. Acababa de jurar lealtad al club de los Amigos de Medianoche, pero no podía evitar sentir lástima por Sally, a la que habían dejado sola en la planta infantil noche tras noche. Estaba atrapado entre la espada y la pared.

—Yo no te he prometido nada —mintió, y nada más decirlo se sintió muy avergonzado.

—¡Sí que lo has hecho! —dijo Sally con voz temblorosa. La niña estaba cada vez más dolida con todos sus compañeros de planta—. A medianoche le pedí a Tom que me dejara acompañarlo. Él me dijo que no, pero a cambio me prometió que me lo contaría todo a la vuelta.

—¿Es eso cierto, Tom? —preguntó George.

El chico dudó un instante y luego contestó:

—No.

—¡SÍ QUE LO HICISTE! —protestó Sally.

—¡DE ESO NADA!

—¡QUE SÍ, QUE SÍ, QUE SÍ Y QUE SÍ!

—¡Por favor, bajad la voz! —suplicó Amber.

—¡NO ME DA LA GANA! —replicó

la niña a grito pelado. Menudo vozarrón tenía para lo pequeña que era—. No hasta que me expliquéis qué ha pasado. ¡Os he visto escabulliros noche tras noche y quiero saber qué os traéis entre manos!

—Por favor, Sally, te lo suplico, vuelve a dormirte —le rogó Amber—. Como nos descubra la enfermera jefe, nos la vamos a cargar.

—¡NOOO! —chilló Sally.

El ruido debió de despertar a la enfermera jefe, que en ese preciso instante dejó de roncar.

—¡JJJJJJRRR!...

A través de la mampara de cristal que separaba la planta infantil del despacho de la enfermera jefe, los niños vieron cómo la mujer se levantaba a trompicones. Tenía los pelos de punta y el maquillaje corrido. Parecía un payaso que hubiese rodado cuesta abajo. Se tambaleó un poco, pero enseguida recobró la compostura y salió a la planta de pediatría con paso resuelto. Todos los niños se quedaron tiesos como estatuas en sus respectivas camas. Ni siquiera se atrevían a respirar, sin caer en la cuenta de que eso los delataba.

—Sé que andáis tramando algo, mocosos insoportables —les dijo la enfermera jefe con cara de pocos amigos—. Y puede que esta vez os hayáis salido con la vuestra, pero que sepáis que os estaré vigilando muy de cerca, a todos y cada uno de vosotros.

La mujer se paseaba entre las camas, acercando su cara a la de los niños, uno tras otro. El olor de su perfume era tan empalagoso que cuando se acercó a Tom el chico notó un cosquilleo en la nariz. Por un aterrador instante, creyó que iba a estornudar. Luego se le pasó, pero al cabo de unos segundos volvió a notar un cosquilleo mucho más intenso.

—¡AAACHIIÍS!

No pudo evitar rociar la cara de la enfermera jefe con una lluvia de mocos.

Tom no se atrevía a abrir los ojos por temor a ver sus mocos colgando como carámbanos de la cara de la mujer, así que los cerró con fuerza y fingió no haberse despertado.

La enfermera jefe se sintió tan asqueada al verse cubierta de mocos que se fue a su despacho a grandes zancadas. Allí se puso un par de guantes de goma y se limpió la cara a conciencia con una pila de toallitas desinfectantes. Cuando por fin se convenció de que no quedaba ni rastro de mocos, se comió otro bombón a modo de consuelo. En cuanto lo hizo se le nubló la vista, se le cerraron los párpados y su cabeza volvió a desplomarse sobre la mesa. La bolita especial para dormir que contenía el bombón había vuelto a dejarla fuera de combate.

—*¡JJJJJRRRRRR!... PFFF...*
¡JJJJJRRRRRR!... PFFF

—¡Bien hecho, novato! —murmuró Amber—. Teniendo en cuenta que ha sido culpa tuya. ¿Cómo se te ocurrió prometerle a Sally que se lo contarías todo?

—Yo no le prometí nada.

Tom había mentido tanto que ya no se sentía capaz de volver atrás. Cada vez que se reafirmaba en su mentira, tenía la sensación de estar matando una pequeña parte de su ser.

—¡Eso ahora da igual! —dijo George en susurros—. Lo importante es que nadie vuelva a abrir la boca esta noche. ¡La enfermera jefe se huele algo! ¿Entendido?

—Sí, ya lo hemos pillado, querido —replicó Robin—. ¡Ahora solo falta que te calles tú también!

—Deja de decir bobadas, Robin. ¡Cállate de una vez y duérmete!

—¡Me encantaría dormirme! ¡En cuanto dejes de decirme que me duerma y te estés calladito, lo haré!

—¿Queréis hacer el favor de cerrar el pico los dos y dormiros de una vez, atontados? —ordenó Amber en voz bajita.

Nadie volvió a pronunciar una sola palabra.

CAPÍTULO 23
NUTRIA REBOZADA

—¡El desayuno! ¡Despertad, niños, despertad, es hora de desayunar!

Al alba, solo un par de horas después de que se durmieran, Tom y los demás pacientes de la planta infantil se despertaron con esos alaridos.

La enfermera jefe también se despertó de un brinco. Llevaba el envoltorio de un bombón pegado a la frente.

—¿Qué pasa, qué pasa? —preguntó a gritos. Estaba claro que no sabía si era de día o de noche, o tan siquiera si estaba despierta o soñando.

Lupita, la encargada del comedor, era una simpática mujer de constitución robusta que lucía una voluminosa melena afro y siempre tenía una sonrisa en los labios. Como de costumbre, Lupita llegaba empujando su carrito de la comida.

—Oh, no, eres tú... —refunfuñó la enfermera jefe, saliendo de su despacho.

—¡Sí, soy yo, Lupita! —contestó la encargada del comedor con alegría—. ¡No me diga que ha vuelto a quedarse dormida en horas de trabajo, enfermera jefe!

Para entonces, la mayoría de los niños se había incorporado en la cama. Lupita siempre los hacía sonreír, sobre todo cuando se dedicaba a buscarle las cosquillas a su gran enemiga, la enfermera jefe.

—¡Qué va! —mintió la mujer—. ¡Claro que no estaba dormida!

—¿Y qué estaba haciendo, entonces? —insistió Lupita.

—Pueees... hum... estaba repasando unos formularios en mi despacho y... hum... ¡estaban escritos con una letra tan minúscula que he tenido que pegar la cara al papel para poder leerlos! ¡No te quedes ahí parada! ¡Sirve el desayuno a los niños ahora mismo!

—¡Sí, señora, a la orden!

Mientras la enfermera jefe se afanaba delante del espejo, tratando de ponerse presentable, Lupita se acercó con el carrito a la cama de Tom.

—Buenos días... —La mujer no conseguía descifrar lo que ponía en la pizarra de la cama del chico, así que se puso las gafas de leer que descansaban sobre su nube de pelo rizado.

—¡Thomas! ¡Buenos días, buenos días y muy buenos días tengas!

Tom no entendía muy bien a qué venían tantos «buenos días», pero no pudo evitar sonreír. Cuando hablaba, Lupita sonaba como si estuviera cantando.

—¡Buenos días! —saludó Tom.

—Buenos días, buenos días y muy buenos días —contestó la mujer.

Al chico no se le ocurría nada más, así que volvió a decir:

—¡Buenos días!

—¡Buenos días! ¡Un día espléndido, sí, señor! ¡Buenos días a todos! Vamos a ver, Thomas, ¿qué te apetece desayunar?

—¿Qué tenemos? —preguntó.

—¡De todo! —contestó Lupita.

—¿De todo? —se extrañó Tom.

¡Aquello era demasiado bueno para ser verdad!

—¡De todo! —insistió la mujer sin vacilar.

Los demás niños se reían con disimulo. Era la primera mañana de Tom en el hospital y saltaba a la vista que todos ellos sabían algo que él ignoraba.

La comida en el internado de Tom era repugnante. Pese a ser una escuela carísima, daba la impresión de que nada había cambiado en la oferta culinaria desde su fundación, cientos de años atrás.

He aquí el típico menú del comedor escolar:

Lunes
Desayuno
Gachas
Almuerzo
Riñones guisados

Cena

Sopa de cabeza de ternera

Martes

Desayuno

Tostadas con manitas de cerdo

Almuerzo

Bocadillo de manteca de cerdo

Cena

Lengua de cordero estofada

Miércoles

Desayuno

Sobras de lengua

de cordero estofada

Almuerzo

Sopa de pichón

Cena

Anguilas en salsa verde

Jueves

Desayuno

Sesos de cordero

Almuerzo

Cuello de cisne en su jugo

Cena
Criadillas de cerdo
con salsa de remolacha

Viernes
Desayuno
Tostadas con huevos
de gorrión
Almuerzo
Sopa de ortigas
Cena
Nutria rebozada

Sábado
Desayuno
Ancas de rana
Almuerzo
Pezuña de caballo
con guarnición de col hervida
Cena
Ardillas ahumadas

Domingo
Desayuno
Una cebolla cruda

Almuerzo
Topo asado con verduras
y gelatina de tuétano
Cena
Sorpresa de coles de Bruselas
(la sorpresa consiste en que solo
hay coles de Bruselas)

Por supuesto, Tom estaba encantado con la perspectiva de poder comer cualquier cosa que le apeteciera. Se le hacía la boca agua mientras enumeraba todas las exquisiteces que le venían a la mente.

—Chocolate caliente... ah, con nata montada encima y unos melindros para mojar; un cruasán calentito con mantequilla..., mejor que sean dos; un par de magdalenas; huevos revueltos con beicon y salchichas... dos salchichas, por favor... no, que sean tres, y un poco de kétchup para acompañar; y por último creo que tomaré... ¡crepes rellenos de mermelada de fresa! ¡Muchas gracias! Ah, y otra salchicha más.

Tom iba a darse un auténtico festín. Lo único que no entendía era por qué los demás niños de la planta infantil se desternillaban de risa.

—¡JA, JA, JA, JA, JA!

CAPÍTULO 24

BUENÍSIMOS DÍAS

Lupita contestó a Tom con una pregunta:

—¿Tostadas o cereales?

—Pero ¡si has dicho que hay de todo! —replicó Tom, desconcertado.

—Sí, ya sé que lo he dicho, Thomas. Lo cierto es que hemos tenido muchos recortes en el **HOSPITAL LORD MILLONETI**. Se está convirtiendo en un lugar triste y desolado. El nuevo director ha reducido el dinero destinado a la comida de los pacientes. Nadie quiere quedarse aquí ni un segundo más de lo estrictamente necesario.

—No, claro... —comentó el chico.

—Llevo treinta años trabajando aquí, y sé que los pacientes se sienten felices creyendo que pueden desayunar cualquier cosa que les apetezca.

—Pero no pueden —concluyó Tom.

Lupita negó con la cabeza y soltó un suspiro. El chico nuevo no parecía entenderlo.

—Mientras solo les apetezca comer tostadas o cereales, nada les impide seguir creyendo que pueden pedir cualquier cosa que deseen. ¡Así olvidarán que están en un viejo y destartalado hospital que debería haberse demolido hace años y creerán que se hospedan en el Ritz!

Tom sonrió. Ahora lo entendía todo, y estaba dispuesto a seguirle la corriente.

—Gracias, Lupita. ¿Sabes qué?, esta mañana solo me apetece una tostada.

—Se me han acabado las tostadas.

—¡Pues, cereales! —dijo Tom—. Era lo que iba a pedir primero.

No le importaba cambiar una cosa por otra.

—Me gustan los cereales con mucha leche —añadió el chico, esperanzado.

—¿No preferirías nata?

—¡Oooh, sí, por favor!

—Es una lástima que se me haya acabado la nata.

—Pues que sea leche.

—Tampoco me queda ni gota de leche. ¿Has probado los cereales con un chorrito de té frío? —preguntó Lupita.

En otras circunstancias la mezcla no le habría parecido nada apetecible, pero tal como lo dijo Lupita, con aquella voz cantarina, convenció al chico de que los cereales con té frío debían de estar de rechupete.

La mujer cogió la caja de los cereales y, con un certero golpe de muñeca y la agilidad de un cocinero profesional, la volcó sobre un bol desconchado de color verde. Luego, con el brazo en alto, inclinó la tetera y vertió el líquido marrón en el bol, salpicando de paso las sábanas de Tom.

—¡Aquí tienes, Thomas! ¡Te deseo un día maravilloso! Buenos días.

—Buenos días.

—Buenos días —repitió Lupita.

—Buenos días —dijo Tom otra vez.

—Buenos días.

—Buenos días.

Si ninguno de los dos ponía fin a aquel círculo vicioso, Tom y Lupita seguirían deseándose buenos días hasta el fin de los tiempos.

Fue el chico quien se encargó de romper el bucle diciendo:

—Gracias.

—Las que tú tienes —contestó Lupita.

—Gracias.

—¡No, gracias a ti!

¡Ya volvía a empezar! El chico se limitó a asentir con la cabeza, sin decir palabra. Lupita asintió a modo de respuesta y se fue hacia la cama de Amber.

—Buenos días, Amber, ¿qué te apetece desayunar esta mañana?

—¡Buenos días, Lupita!

—Buenos días tengas.

—No empecemos con eso, por favor. A ver, hoy para variar no me apetece un *zumo de naranja recién exprimido, ni un yogur de vainilla con moras y miel, ni crepes rellenos de frutos secos, nata montada y sirope de chocolate*.

—¿Estás segura? —preguntó Lupita.

—Segurísima. Lo que de verdad me apetece hoy es un bol de cereales con... déjame pensar... ¡té frío!

—¡Oído cocina!

Mientras Tom intentaba ponerle al mal tiempo buena cara y disfrutar de aquel desayuno tan peculiar, vio que Lupita se inclinaba hacia Amber para decirle algo al oído.

—Han aparecido huellas infantiles y marcas de sillas de ruedas en la cámara de ultracongelación...

—¿Qué? —replicó Amber.

—El director del hospital, el señor Peripuesto, ha bajado esta mañana para inspeccionarlas.

—¡No hemos sido nosotros! —mintió la chica, claramente nerviosa.

—Ni yo he dicho que lo fuerais, tesoro. Pero si no habéis sido vosotros, ¿quién ha sido?

—¡Y yo qué sé! —protestó la chica.

—Escucha, no sé qué os traéis entre manos, pero, por favor, a partir de ahora tened cuidado.

—Gracias, Lupita.

—Las que tú tienes, Amber.

—Gracias.

—No, gracias a ti.

—¡Por el amor de Dios, Lupita! —estalló Robin, exasperado—. ¿Puedes servirme el desayuno DE UNA VEZ, POR FAVOR? ¡ME MUE-RO DE HAMBRE!

—¡Sí, por supuesto, Robin! —contestó ella, sirviéndole un bol de cereales sin té frío, porque se le había acabado. George tuvo que conformarse con lo mismo, lo que le sentó FATAL.

A continuación, Lupita se fue hacia Sally. Debajo de la bata llevaba escondida una bolsa blanca de papel.

—No se lo digas a los demás —le pidió en susurros—, pero de camino al hospital te he comprado un donut glaseado.

—¡Muchas gracias, Lupita! —respondió Sally en voz baja—. ¿Quieres la mitad, Tom?

Aquello le llegó al alma.

—No, gracias. Cómetelo tú. Tienes que recuperar las fuerzas.

—¡Yo me como la mitad! —se ofreció George—. ¡De hecho, si quieres, me puedo comer más de la mitad!

—¡Ese donut es para Sally! —protestó Tom.

—No pasa nada —dijo la niña.

George se levantó de un brinco al ver que Sally partía el donut en dos.

—Aquí tie... —Antes de que pudiera acabar la frase, George le había arrebatado el medio donut de las manos y lo había engullido de un bocado.

—Gracias, Sally —dijo el chico—. Encantado de echarte una mano.

Tom sonrió, pero se le fueron los ojos hacia el despacho de la enfermera jefe, que estaba hablando por teléfono y al parecer discutía acaloradamente con alguien.

—¿De qué estabas hablando con Lupita, Amber? —preguntó.

—Han descubierto que alguien se coló en la cámara de ultracongelación —reveló la chica.

—¿Cómo puede ser? —se extrañó Tom.

—Por las huellas de los zapatos y las marcas de la silla de ruedas. Van a por nosotros.

—¿Qué cuchicheáis, vosotros dos? —preguntó la enfermera jefe. Se había acercado sin que ninguno de los dos se diera cuenta, y de pronto allí estaba, planeando sobre ellos como una sombra siniestra.

—Nada, enfermera jefe —contestó Amber.

—Nada de nada —añadió Tom.

La mujer los observó atentamente en busca de algún indicio que los delatara. Tom notó que se ponía rojo como un tomate.

—¡No me lo creo! —bramó la enfermera jefe—. ¡Sé que andáis tramando algo, malditos granujas!

CAPÍTULO 25

MUCHO CUENTO

—Nosotros no hemos hecho nada, enfermera jefe. Si hubiésemos hecho algo, y no estoy diciendo que lo hayamos hecho, tendría usted todo el derecho del mundo a echarnos la bronca. Pero no hemos hecho nada, palabrita —dijo George.

La enfermera jefe lo miró directamente a los ojos. Saltaba a la vista que no se creía ni una palabra.

—Mucho cuento tienes tú. Acabo de hablar por teléfono con el director del hospital, el señor Peripuesto en persona, ¡y estaba que SE SUBÍA POR LAS PAREDES! Me ha dicho que tres niños se han colado en la cámara de ultra-congelación en ple-na noche. Lo sabe por la talla de los zapatos y también por las marcas de silla de ruedas. Sé que habéis sido vosotros. ¿Quién iba a ser, si no? ¿Vais a confesar de una vez, bellacos?

Los niños no despegaron los labios. Ninguno sabía qué decir para salir airosos de aquel lío.

Entonces alguien habló desde el otro extremo de la planta.

—Yo estuve despierta toda la noche, enfermera jefe. —Era la voz de Sally—. Y puedo asegurarle que todos los demás durmieron del tirón, ¡así que no han podido ser ellos!

—¡Júralo! —exigió la mujer.

—¡Se lo juro, enfermera jefe! —Sally se llevó la mano al corazón—. ¡Por la vida de mi hámster!

—Hum... —musitó la enfermera jefe. Aquello la obligó a morderse la lengua—. Bueno, que sepáis que os estaré vigilando de cerca, a todos y cada uno de vosotros. A ver, Tom...

—¿Sí, enfermera jefe? —preguntó el chico, temblando de miedo.

—Dentro de cinco minutos te bajarán a radiología. Hay que hacerle una radiografía a ese ridículo chichoncito tuyo. Con un poco de suerte, a la hora de comer ya te habrás ido del hospital.

—Sí, enfermera jefe —dijo el chico.

La mujer giró sobre sus talones y regresó al despacho a grandes zancadas.

Tom volvió a tumbarse en la cama, apenado. Lo último que le apetecía era separarse de sus nuevos amigos. Por primera vez en la vida, sentía que había encontrado su lugar. Sus padres viajaban tanto por trabajo que el chico tenía la sensación de no haber tenido nunca un hogar. Y en cuanto a su internado para niños ricos, San Guijuela, el tiempo que había pasado allí le parecía una larga condena. Contaba mentalmente los días y semanas que faltaban para que pudiera marcharse, y tenía la sensación de estar echando su vida por la borda.

Tom se había encariñado con todos los niños de la planta infantil, pero sobre todo con la pequeña del rincón. Sally era especial.

—Gracias por salvarnos el pellejo —le dijo.

—No hay de qué —contestó la niña.

—Siento que hayas tenido que jurar por la vida de tu hámster.

—No pasa nada —respondió la chica—. En realidad, **no tengo ningún hámster.**

Se echaron a reír los dos.

CAPÍTULO 26
EL SABOR DEL ESTANQUE

—¡Buenas noticias! —exclamó el doctor Pardillo—. ¡Estás perfectamente!

—Genial —repuso Tom con escaso entusiasmo.

Estaban los dos en la sala de radiología, donde el joven médico le estaba enseñando una especie de foto en blanco y negro de su cabeza que solo se veía al trasluz.

—Esto de aquí es el chichón que te has hecho —indicó el doctor Pardillo—, pero si miramos dentro de la cabeza, aquí...

El médico sacó un lápiz y señaló una parte gris en la que se suponía que estaba el cerebro del chico.

—... no se ve ninguna zona sombreada, así que yo diría que no ha habido hemorragia interna.

—¿Está usted seguro, doctor? —preguntó.

—Segurísimo. Es la mejor noticia que podría darte. En realidad, no tiene ningún sentido que sigas en el hospital.

—¿Ah, no?

—¡Claro que no! Ya puedes volver al internado.

—Ah... —Tom agachó la cabeza sin decir nada.

El doctor Pardillo se quedó perplejo cuando vio que el chico se entristecía ante la perspectiva de recibir el alta. Por lo general, los pacientes deseaban abandonar cuanto antes el **HOSPITAL LORD MILLO-NETI**.

—¿Qué pasa, Tom? —preguntó el médico.

—Nada. Es que...

—¿Qué?

—Bueno, he hecho buenos amigos en la planta infantil.

—Entonces asegúrate de pedirles las direcciones antes de irte, y podrás cartearte con ellos.

Cartearse sonaba de lo más aburrido. Lo que Tom quería era vivir más aventuras.

—Le pediré a la enfermera jefe que llame al director del internado para que vengan a recogerte lo antes posible.

Tom comprendió que tenía que hacer algo si quería pasar otra noche con sus amigos.

—¡Doctor, creo que tengo fiebre! —exclamó.

En el internado, decir que tenías fiebre era una forma segura de saltarte las clases y echarte una siestecita en la enfermería, lo que resultaba especialmente útil para librarse de la doble hora de mates, los viernes por la tarde. Tom hasta había visto a un chico pegar la punta de un termómetro a un radiador encendido para fingir que estaba enfermo.

—¿Estás seguro? —preguntó el doctor Pardillo, tocándole la frente. No parecía tenerlas todas consigo.

—¡Segurísimo! ¡Estoy ardiendo, doctor! —mintió el chico—. ¡Estoy tan caliente que podría derretir un iceberg yo solito!

El doctor Pardillo sacó un termómetro del bolsillo y lo metió en la boca del chico. Tom tenía que distraerlo como fuera.

—Necesito un vaso de agua, doctor... —farfulló con el termómetro en la boca—. ¡Urgentemente, o me temo que sufriré una combustión espontánea!

—¡Vaya por Dios! —exclamó el doctor Pardillo, al borde del pánico. Mientras el hombre daba vueltas por la sala de radiología como un pollo sin cabeza, Tom se sacó el termómetro de la boca y lo pegó a una bombilla que estaba al rojo vivo. La temperatura subió al instante. Entonces volvió a meterse el termómetro en la boca, que estaba tan caliente que le quemó un poco la lengua.

El doctor Pardillo regresó con un jarrón de flores.

—No he encontrado un solo vaso. Me temo que esto es lo mejor que puedo ofrecerte ahora mismo.

El médico le sacó el termómetro de la boca y arrancó las flores del jarrón, en el fondo del cual había un agua verdosa con trocitos de color marrón flotando en la superficie.

—¡Bébetela toda! —ordenó.

A regañadientes, el chico empezó a darle sorbitos al agua fétida del jarrón.

—¡Vamos, tómatela de una vez! —insistió el doctor Pardillo—. ¡Hasta la última gota!

Tom cerró los ojos y engulló el resto del agua, que sabía como a estanque. Mientras, el médico consultó el termómetro.

—¡Oh, no! —exclamó, horrorizado.

—¿Qué pasa? —preguntó Tom.

—¡Es la temperatura más alta jamás alcanzada por un ser humano!

Tom pensó que a lo mejor se había pasado de listo.

—¿Me van a dar un premio, doctor? —preguntó.

—¡No! Pero tendrás que seguir ingresado hasta que tu temperatura corporal descienda a unos niveles normales.

El doctor Pardillo sacó un formulario y empezó a tomar notas.

—¿Te duele la cabeza?

—Oh, sí.

—¿Fiebre?

—¡Claro! ¡Estoy ardiendo!

—¿Escalofríos?

—Sí, estoy temblando de frío.

—¿Dolor en las articulaciones?

—Hum, sí.

—¿Visión borrosa?

—Sí. Perdone, ¿quién es usted?

—¿Te notas la garganta seca?

—Me cuesta hablar de tan seca que la tengo.

—¿Te sientes muy fatigado?

—No tengo fuerzas para contestar a esa pregunta.

—¿Oyes mal?

—Perdón, ¿cómo dice?

—¿Te cuesta tragar agua?

—Sí, sobre todo si sabe a estanque.

—¿Te cuesta tomar decisiones?

—Sí y no. ¡Doctor, tengo el lote completo!

El doctor Pardillo estaba sudando la gota gorda.

—¡Madre mía! ¡Madre mía, madre mía! ¡Madre mía, madre mía, madre mía! —exclamó, presa del pánico—. Es un milagro que sigas con vida. Tenemos que hacerte cientos de pruebas. Hay que sacarte sangre, mirarte el corazón, el cerebro. Vamos a revisarte de arriba abajo. ¡Y luego te mandaremos de vuelta a la planta de pediatría!

Tom no lo dijo en voz alta, pero para sus adentros exclamó «¡YUPI!» con todas sus fuerzas.

—¡Enfermera! ¡ENFERMERA! —chilló el médico. Parecía estar a punto de perder el conocimiento.

La enfermera Recia, que había atendido a Tom a su llegada al hospital, llegó corriendo a la sala de radiología.

—¿Qué pasa ahora, doctor?

—¡Es una emergencia! Hay que hacerle pruebas a este chico, ¡ahora mismo!

—¿Qué clase de pruebas?

—¡Todas las que haya! ¡Tantas como se le ocurran! ¡VAMOS, VAMOS, VAMOS! —farfulló el doctor Pardillo—. ¡Traiga dos camillas!

—¿Para qué necesita dos? —preguntó la enfermera.

—¡Porque me voy a desmayar!

Mientras esperaba los resultados de la larguísima lista de pruebas que había encargado el doctor Pardillo, Tom tenía órdenes estrictas de quedarse en la cama. Su temperatura era tan alta que le prohibieron levantarse bajo ninguna circunstancia hasta que los médicos del **HOSPITAL LORD MILLONETI** averiguaran qué le pasaba. En cuanto al joven e inexperto doctor Pardillo, se puso tan nervioso que se desmayó. No llevaba ni una semana en el hospital y ya había pasado de médico a paciente.

Cuando Tom volvió a su cama, Sally se volvió hacia él y dijo:

—Venga, Tom, cuéntamelo...

—¿Que te cuente el qué?

—Qué pasó anoche.

Tom dudó.

—Me temo que no te lo puedo contar —dijo.

—Pero me lo prometiste.

—Lo sé, lo sé. Oye, Sally, lo siento, pero los demás me dijeron que tiene que ser secreto.

—¿El qué tiene que ser secreto?

—La cosa secreta.

—¿Qué cosa secreta?

—A ver, si te lo dijera ya no sería secreta.

—Vale, pues entonces... —repuso la chica. Estaba claro que no iba a tirar la toalla—. ¿Qué estabais haciendo anoche en la cámara de ultracongelación?

Al parecer, Amber los había escuchado disimuladamente, porque en ese momento se unió a la conversación:

—Por el amor de Dios, Sally, tenemos a todos los adultos con la mosca detrás de la oreja. El director del hospital sospecha que nos traemos algo entre manos, así que cuantas menos personas sepan qué es, mejor. No querrás meterte en un lío.

—¡Me encantaría meterme en un lío! Odio quedarme aquí sola mientras vosotros os vais a pasarlo pipa.

—Es mejor que no sepas nada —insistió Amber.

—No se lo diré a nadie —le aseguró Sally en tono

de súplica—. Anoche os cubrí las espaldas a todos, por si no te acuerdas.

—Sí, sí, y te estoy muy agradecida —repuso Amber—. Puede que esta noche necesitemos tu ayuda otra vez.

—¿Vamos a volver a salir esta noche? —dijo Tom. No podía creer que fueran a correr ese riesgo.

—¡Sí! —exclamó George desde la otra punta de la planta mientras atacaba unos bombones—. ¡Esta noche me toca a mí!

—¿Qué vas a hacer? —preguntó Tom.

—¡Volar! —contestó George.

—¡Oh, no, por favor! —exclamó Robin.

—¿Qué quieres decir con «Oh, no, por favor»? —preguntó George.

La enfermera jefe debió de oírlos hablando en voz alta, porque salió del despacho al instante.

—¿A qué viene tanto jaleo? —preguntó.

—¡No es nada, enfermera jefe! —dijo Amber—. Nada de nada.

—¿De veras? Con que esas tenemos... Al parecer, me ha tocado un hatajo de pequeños embusteros. Veamos..., mi turno se acaba dentro de poco, y la enfermera Recia no tardará en llegar. Ella estará al mando de la planta infantil hasta la noche, y entonces regresaré yo. Si alguno de vosotros le da motivos para quejarse, haré que os echen a todos y os trasladen a distintos hospitales. ¿Entendido?

—Sí, enfermera jefe —contestaron todos al unísono.

—Estupendo... —repuso la mujer—. Sally, no tardarás en bajar para que te den el tratamiento.

—¿De verdad tengo que hacerlo? —preguntó la niña.

—¡Serás tonta! —exclamó la enfermera jefe—. ¡Sí, por supuesto que tienes que hacerlo! ¿Para qué te crees que estás aquí? ¿Para pasártelo bien?

—No, enfermera jefe —contestó la chica.

En ese preciso instante, la gran puerta de vaivén de la planta infantil se abrió de sopetón y la enfermera Recia entró en la sala.

—Buenos días, enfermera jefe —saludó—. Buenos días, niños.

—Buenos días, enfermera Recia —contestaron todos.

—Buenos días, Recia —saludó la enfermera jefe.

—¿Qué tal andas de temperatura, Thomas? —preguntó la enfermera. A juzgar por su tono, sospechaba que Tom había engatusado al doctor Pardillo. La enfermera Recia tenía mucha más experiencia que él y no se dejaría engañar tan fácilmente.

—Sigue muy alta, enfermera —le aseguró Tom.

—¡Este chico no debe salir de la cama bajo ninguna circunstancia! —le advirtió la enfermera jefe.

—Sí, señora. Puede confiar en mí. Me aseguraré de que así sea —dijo Recia, mirando al chico con desconfianza.

CAPÍTULO 28
UN SUEÑO INALCANZABLE

Esa tarde el club de los Amigos de Medianoche empezó a planear su siguiente aventura nocturna. El sueño de George era volar. Tendrían que estrujarse la sesera para conseguirlo, sobre todo ahora que los mandamases del hospital los tenían en su punto de mira.

Mientras Sally estaba en alguna planta inferior, recibiendo su tratamiento especial, y con Recia encerrada en el despacho de la enfermera jefe, los chicos se pusieron manos a la obra.

En la planta de pediatría del **HOSPITAL LORD MILLONETI** había unos pocos juegos de mesa viejos y desparejados. Había uno de *Serpientes y Escaleras* sin dados, un rompecabezas de un gatito blanco monísimo jugando con globos al que faltaban varias piezas y un juego de *Operación* al que se le habían gastado las pilas, así que la nariz roja del paciente nunca se iluminaba.

Tom, Amber, George y Robin fingieron que in-

tentaban resolver el rompecabezas juntos mientras
hablaban en susurros sobre la aventura de esa noche.

—A lo mejor podríamos hacer un planeador con unas sábanas y unas barras de cortina —sugirió Robin—. El camillero podría ayudarnos a montarlo todo.

—Pero ¿dónde lo echamos a volar? —preguntó Amber—. No hay ningún sitio lo bastante alto en el hospital.

—Está el hueco de la escalera —apuntó Robin—. Este hospital tiene cuarenta y cuatro pisos, así que debe de tener una buena caída.

—Ejem, perdona... —intervino George—, pero ¡quiero volar, no morir!

—Tendrías un planeador —replicó Robin.

—No, tendría unas sábanas atadas a unas barras de cortina. ¡No es lo mismo! —protestó George, levantando la voz un poco más de la cuenta.

Todos los ojos se volvieron hacia el despacho, pero la enfermera Recia seguía concentrada en su papeleo.

—¡Bueno, a lo mejor podrías buscarte un sueño menos inalcanzable! —le soltó Amber.

—Pero ese siempre ha sido mi sueño. Odio ser tan pesado. —George se dio una palmada en la barrigota, que se estremeció por unos segundos como si estuviera hecha de gelatina—. Quiero saber qué se siente al ser ligero como una pluma.

Tom llevaba un buen rato escuchándolo todo y tratando de dar con una solución. Cuando fue a poner una pieza del rompecabezas en la mesita que tenía ante sí, se dio cuenta de que tenían la respuesta delante de sus narices.

—¡Globos! —exclamó.

—¿Qué? —preguntó George.

—¡No se trata de bajar, sino de subir! —dijo Tom.

—A ver, novato, ¿podrías explicarte un poco mejor, si eres tan amable? —preguntó Amber.

—¿Sabéis esos globos especiales que flotan, esos que a veces hay en las fiestas de cumpleaños?

—empezó a explicar el chico, tan emocionado que las palabras salían de su boca a borbotones. Los demás asintieron—. ¡Si consiguiéramos reunir suficientes globos, George podría subir flotando por el hueco de la escalera!

George sonrió.

—¡Tom! ¡Me encanta!

—¿Habrá suficientes globos de esos en Gran Bretaña? —bromeó Robin.

—¡Muy gracioso! —replicó George.

—Apuesto a que hay suficientes globos desperdigados por todo el hospital —aseguró Tom—. Muchos pacientes los dejan atados a las camas. ¡Hay uno ahí mismo!

Con la mirada, Tom señaló la cama de Sally. Atado al cabecero había un globo solitario con la inscripción «¡Que te mejores!». Flotaba en el aire a escasos centímetros del techo.

—¡Qué gran idea la mía! —exclamó Amber. Saltaba a la vista que quería estar al mando y no le gustaba ni un pelo que aquel recién llegado le robara el protagonismo.

—¡¿Qué?! —protestó Tom.

—Iba a sugerir que usáramos globos justo antes de que lo dijeras tú —mintió la chica.

—¡Ya, y yo voy y me lo creo! —exclamó Tom.

—¡Venga, chicas, no os peleéis! —bromeó Robin.

—Apuesto a que hay cientos de globos de esos en el hospital —dijo George, entusiasmado con la idea—. Los venden en la tienda de regalos de la planta baja. A menudo me escapo hasta allí para comprar una o dos chocolatinas. ¡Lo único que tenemos que hacer es robarlos!

—Dirás «cogerlos prestados»... —corrigió Tom.

—Sí, el novato tiene razón —apuntó Robin—. Decir que coges algo prestado queda mucho mejor que decir que lo robas.

—En cuanto hayamos cogido «prestados» suficientes globos —dijo George—, podré subir flotando por el hueco de la escalera. ¡Por fin veré cumplido mi sueño!

Su rostro se iluminó de alegría solo de pensarlo. El plan era genial de puro simple.

—¡Vayamos a contárselo al camillero!

Ahora solo les quedaba robar cientos de globos repartidos por todo el hospital... sin dejarse coger.

CAPÍTULO 29

GLOBOS, GLOBOS Y MÁS GLOBOS

En cuanto se puso el sol, el club de los Amigos de Medianoche empezó a hacer de las suyas.

La enfermera jefe había vuelto para encargarse del turno de noche. Los niños se habían portado como unos angelitos todo el día, aparentemente concentrados en resolver un rompecabezas, así que Recia no tuvo que dar parte de ellos.

La enfermera jefe no llevaba mucho tiempo en la planta infantil cuando confiscó otra de las latas de bombones que Raj, el quiosquero, había enviado a George. Luego se retiró a su despacho para zampar sus preferidos, los del envoltorio morado. Tal como la noche anterior, George había metido una de sus bolitas especiales para dormir en cada uno de los bombones. Al cabo de unos minutos, la enfermera jefe dormía como un lirón.

—¡JJJJJJRRRRRR!... PFFF...
¡JJJJJJRRRRRR!... PFFF

Esa parte del plan siempre salía a la perfección.

El club de los Amigos de Medianoche tenía ante sí el difícil reto de reunir todos los globos que hubiera en el hospital. Necesitaban globos, globos y más globos.

Los niños se dividieron en tres equipos.

El primer equipo estaba compuesto por Amber y Robin. Entre los dos, cubrirían el espacio comprendido entre la última planta del **HOSPITAL LORD MILLONETI** y el piso número 30.

El segundo equipo lo integraba George, que trabajaría en solitario y se encargaría de las plantas 29 a 16.

El tercer equipo lo componían Tom y el camillero. A ellos les tocaría la tarea más peligrosa de todas, que consistía en reunir todos los globos que encontraran entre la planta 15 y la planta baja, incluyendo la tienda de regalos, en la que había grandes ramilletes de globos de helio.

A medianoche, mientras el Big Ben daba las doce campanadas, los chicos se escabulleron de la cama para levantar a Amber de la suya y sentarla en la silla de ruedas. De puntillas, Tom y George cruzaron la puerta de vaivén y dejaron atrás la planta infantil.

—Nuestro primer globo está justo a tu izquierda —susurró Amber a Robin.

Aunque el chico no podía ver, sabía que se refería al globo de la cama de Sally.

—¡Venga ya, Amber! —protestó Robin.

—¿Qué pasa? —replicó la chica.

—¡Ya sé que te crees la líder del club, pero no podemos coger el globo de Sally!

—¿Por qué no?

—¡Porque no, y punto!

—¡Robin, tenemos que coger todos los globos que podamos! ¡Llévame hasta su cama ahora mismo!

—¡Ni hablar!

—¡He dicho que me lleves!

Entonces se oyó una vocecilla en medio de la oscuridad.

—No pasa nada. Os lo podéis llevar.

—¿Sally? —preguntó Amber.

—Sí. No me importa. ¿Para qué lo necesitáis, para otra aventura?

Robin empujó la silla de ruedas hasta la cama de la niña.

Sally parecía más debilucha que nunca. Aunque servía para curarla, el tratamiento hacía que se sintie-

ra peor durante un tiempo, y esa noche estaba especialmente pálida.

—Solo lo cogeremos «prestado» —le explicó Amber.

—Lleváoslo. No lo necesito. No hace más que flotar de aquí para allá todo el día.

—Gracias, Sally, eres muy generosa —dijo Robin—. Guíame la mano hasta el cordel, por favor, para que pueda desatarlo.

Bajo la mirada de Amber, Sally cogió la mano del chico y la llevó hasta el cordel, pero no la soltó.

—Llevadme con vosotros —suplicó.

Robin empezó a desatar al globo.

—Lo siento mucho, Sally —se disculpó Amber—, pero me temo que no puedes acompañarnos.

—¿Por qué no? —replicó la niña.

—Mira, ya que insistes, tenemos un club secreto, pero está a tope y ahora mismo no podemos admitir a nuevos miembros.

—Pero ¡si acabáis de admitir a Tom! —protestó Sally. La pequeña había puesto el dedo en la llaga—. Era su primera noche en el hospital y lo dejasteis ir de aventuras con vosotros.

—Bueno, pero es que... —Amber se había quedado sin palabras—. Su caso es distinto.

—¿Por qué? —preguntó la niña.

—Porque... porque... ¡Mira, Sally, la verdad es que tú nos retrasarías! —contestó Amber.

Una solitaria lágrima rodó por la mejilla de Sally.

Al verla, Amber también sintió ganas de llorar. Como si no fuera lo bastante triste mirar a Sally, con aquella cabecita completamente calva y aquella piel tan pálida, como si fuera una muñeca de porcelana a la que había que tratar con mucha delicadeza.

—Lo siento —se disculpó Amber—. Ahora mismo te daría un abrazo, pero como ves no puedo porque llevo los brazos escayolados.

Robin, cuyos comentarios sarcásticos escondían un lado más tierno, acarició la cabeza de Sally.

—Lo entiendo —dijo la niña—. Ya me he acostumbrado a perdérmelo todo. Desde que me dijeron que tenía esta enfermedad, no hago más que oír que no puedo hacer esto ni lo otro. Pero me aburro como una ostra todo el día tumbada en la cama. Quiero volver a ser una niña normal y pasármelo bien. —Sally suspiró—. Coged mi globo y disfrutad esta noche con vuestra aventura, sea cual sea. Pero prometedme una cosa...

—Lo que sea —contestó Amber.

—Que me llevaréis en la próxima, por favor. Para entonces estaré lo bastante fuerte, lo sé. Lo prometo.

Amber sonrió, pero no dijo nada. No quería darle falsas esperanzas. Luego se volvió hacia el chico.

—¡En marcha, Robin! —ordenó—. No hay tiempo que perder.

—Lo siento, Sally —dijo el chico.

Luego, con el globo de la niña en la mano, empujó la silla de ruedas de Amber hasta la pesada puerta de vaivén.

—¡AY! —gritó Amber cuando sus piernas escayoladas golpearon las hojas de la puerta.

—¡Perdón! —se disculpó Robin.

Sally se rio para sus adentros mientras los veía alejarse.

—Suerte, chicos —murmuró.

CAPÍTULO 30

UN VIEJO AMIGO

Mientras tanto, el segundo equipo, o lo que es lo mismo, George, recorría a cuatro patas las plantas que le habían tocado.

Ya había cogido «prestados» unos cuantos globos a varios pacientes. Todos ponían «¡Que te mejores!»,

y seguramente se los habían regalado sus seres queridos. Sin embargo, George estaba demasiado emocionado para sentir remordimientos. Con cada globo que recogía, estaba un poco más cerca de ver
cumplido su sueño de volar. Lo difícil era sujetar el
ramillete de globos mientras desataba otros. Al cabo
de poco, tenía grandes manojos de globos atados a
los brazos y piernas, pero necesitaba más, muchos
más.

Mientras salía de la última planta que le había sido
asignada, la 29, oyó a alguien pronunciando su nombre:

—¿George?

Habría reconocido aquella voz en cualquier lugar.

—¿Raj?

—¡Sí, soy yo! ¡George, mi cliente preferido! ¿Has recibido las latas de bombones que te he mandado?

—¡Sí, no sabes cuánto te lo agradezco!

—Cuando supe que iban a operarte de las amígdalas, me preocupé por ti.

—Ya estoy mucho mejor. Gracias, Raj. Tus bombones me han animado mucho.

El quiosquero sonrió.

—¡Estupendo, estupendo, estupendísimo! Eran las mejores latas de bombones de toda la tienda. Me habían sobrado de unas Navidades. Solo llevaban unos pocos años caducados.

—Aun así, ha sido un detalle por tu parte, amigo.

—Vuelve a casa pronto, George. La recaudación ha bajado desde que no vienes por el quiosco.

—¡Descuida, lo haré! —aseguró el chico con una risotada—. ¿Qué haces tú en el hospital?

El quiosquero iba en pijama y estaba sentado en la cama con los dedos vendados.

—Hace un par de días tuve un grave accidente con una grapadora. Estaba en la tienda, grapando los precios a unos productos porque tenía unas ofertas irresistibles: cien lápices por noventa y nueve peniques compra una tonelada de caramelos de tofe y llévate uno completamente gratis; tarjetas de felicitación de segunda mano con el nombre borrado con típex a mitad de precio. Y no sé cómo, acabé grapándome los dedos de esta mano.

—¡Uy! —exclamó George—. Tuvo que dolerte mucho.

—Sí que me dolió —dijo Raj con voz lastimera—. ¡No se lo recomendaría a nadie!

—Lo tendré en cuenta, Raj. Bueno, me encantaría quedarme a charlar contigo, pero...

El chico ya se escabullía cuando el quiosquero lo llamó de nuevo.

—George...

—¿Sí, Raj?

—¿Qué vas a hacer con todos esos globos?

—Hum... estooo... —farfulló el chico—. Me los han regalado.

—¿De veras?

—Ajá.

—¿Todos?

—Eso es.

El quiosquero no parecía demasiado convencido con la explicación.

—Ese de ahí pone «Que te mejores, mamá» —dijo.

—Se habrán confundido en la tienda de globos.

—Hum... —replicó Raj, que seguía sin tenerlas todas consigo—. Pero ¿qué hacen todos tus globos aquí abajo? La planta de pediatría está arriba del todo.

George lo pensó unos instantes.

—Pues... supongo que habrán bajado flotando.

—Yo creía que estos globos solo flotaban hacia arriba.

—Lo siento, Raj, no puedo pasarme toda la noche

de cháchara —dijo George, y se dio la vuelta para marcharse.

—Oh, mi cliente preferido, ¿podrías hacerle un favor a tu quiosquero favorito? —preguntó el hombre.

—Lo siento, pero tengo que irme.

—Solo te llevará un segundo. Te lo pido por favor, George, mi cliente preferido.

—¿De qué se trata? —preguntó el chico con un suspiro de resignación.

—Verás, la comida de este hospital es horrible. Todos los días pasa por aquí una señora muy amable llamada Lupita, pregonando que lleva de todo en su carrito, pero resulta que solo te da un triángulo de queso y una bolsita de kétchup.

—Ya, lo sé. Y a ti y a mí nada nos gusta más que comer...

—¡Desde luego! —exclamó Raj, dándose una palmada en el vientre—. Así que, en señal de gratitud por los bombones, ¿podrías pedirle a tu quiosquero preferido algo de comida a domicilio? Lo haría yo mismo, pero ¡desde que tuve el accidente con la grapadora no puedo usar los dedos!

Raj le enseñó la mano vendada.

—¿Puedo volver más tarde, Raj?

—Para entonces seré todo huesos... —se lamentó

el quiosquero, volviendo a darse una palmada en la panza redonda, que parecía lo bastante grande para albergar una pelota de playa—. ¿Podrías llamar ahora mismo, por favor?

—¿Hace falta que me lo apunte?

—No, qué va, solo quiero pedir un par de cosas. No te costará nada recordarlo.

—Vale —aceptó el chico—. Venga, dispara...

—Gracias. A ver, me gustaría pedir unos bhajis de cebolla, unas samosas, un pollo al curry, unas patatas aloo chaat, unos langostinos tandoori masala, unos poppadoms...

—¡Me vas a volver loco! ¿Cómo quieres que me acuerde de tantas cosas? —lo interrumpió el chico. Pero Raj estaba como en trance. Se le hacía la boca agua solo de pensar en toda aquella comida deliciosa.

—¿Cómo no vas a acordarte? Solo un par más... un curry de verduras, un pan naan con ajo, un chapati, un aloo gobi, un matar paneer, un tarka dhal...

—¡Necesito papel y boli! —exclamó George, exasperado.

—Unos poppadoms...

—¡Eso ya lo has dicho antes!

—¡Lo sé, pero es que quiero dos raciones de poppadoms! Y también un chutney de mango, un paneer masala, un arroz pilau, un bharta, un chana aloo, un rogan josh de cordero. Creo que ya está. ¿He dicho poppadoms?

—¡SÍ, DOS VECES!

—Bien, los poppadoms nunca están de más. Pensándolo mejor, que sean tres raciones de poppadoms. ¡Venga, ahora repítelo todo!

Cuando por fin logró escapar de la planta de Raj, George llegó a la conclusión de que lo más fácil sería acercarse al restaurante indio más cercano y pedir todos los platos que hubiera en la carta y cuatro raciones de poppadoms, por si al final resultaba que tres no eran suficientes.

Desde el pasillo, llamó al ascensor para ir hasta la

planta baja. Allí se reuniría con el resto del club en el hueco de escalera del hospital, un abismo de cuarenta y cuatro pisos de altura.

¡TILÍN!

Las puertas del ascensor se abrieron, pero no iba vacío. Dentro estaba la señora de la limpieza que fumaba como un carretero, la misma con la que el club de los Amigos de Medianoche se había topado la víspera. Perla sujetaba el mango de una máquina pulidora y, como siempre, llevaba un cigarrillo colgando de los labios. Al ver a George con cientos de globos atados a las extremidades, se quedó boquiabierta.

El chico había reunido tantos globos que, de hecho, empezaba a sentirse un poco más ligero de lo habitual. Apenas se le veía la cara entre aquel mar de globos.

—¿Qué andáis tramando ahora? —preguntó la mujer, dejando caer un reguero de ceniza al suelo.

—Ah, ¡hola de nuevo! —contestó George alegremente—. El hospital salió bien parado de la inspección sanitaria de anoche, así que felicidades por la parte que le toca. Eso sí, encontramos ceniza de cigarrillo en el suelo, aunque no estábamos seguros de si había sido usted...

—¿Qué diantres haces con todos esos globos? —preguntó Perla—. ¡Me están entrando ganas de reventarlos todos con mi pitillo!

La excusa de que habían «bajado flotando» no había colado con Raj, así que George decidió probar suerte con otra explicación.

—Ah, me han encargado que se los lleve a un paciente que es muy popular. Tanto que recibe miles de globos todos los días. Así que no se preocupe, ¡esperaré que vuelva el ascensor!

¡TILíN!

Las puertas se cerraron en las narices de la mujer.
George se sentía tan frustrado que pateó el suelo
con rabia. Una trabajadora del hospital lo había visto
fuera de la cama en plena noche. El club de los Amigos de Medianoche tendría que darse prisa si quería
ver cumplido su sueño.

CAPÍTULO 31

LA NIÑA MÁS VIEJA DEL MUNDO

Mientras tanto, unos pisos más abajo, el tercer equipo recorría plantas repletas de pacientes dormidos en busca de globos. Tom y el camillero avanzaban gateando para evitar que los vieran, lo que no era nada cómodo teniendo en cuenta que llevaban docenas de globos atados al cuerpo.

Eran las doce bien pasadas y lo único que se oía eran los ronquidos de los pacientes, muchos de ellos ancianos.

—*¡JJJJJRRRRRR!... PFFF... ¡JJJJJRRRRRR!... PFFF*

Las enfermeras estaban en sus puestos, pero en plena noche no había gran cosa que hacer, así que algunas echaban una cabezadita mientras otras leían un libro. Justo cuando Tom y el camillero salían por la gran puerta de vaivén de una de las plantas, oyeron la voz de una ancianita a sus espaldas:

—¡Vaya, qué globos tan chulis! ¿Son para mí?

Tom miró al camillero, que se llevó un dedo a los labios para indicarle que no hiciera el menor ruido.

—¡He dicho que si son para mí! Me encantan los globos... —insistió la mujer, levantando más la voz. No podían seguir adelante como si nada. Si la anciana decía una sola palabra más, era posible que despertara a las enfermeras

¡CHISSS!

que dormitaban en su puesto, a tan solo unos pasos de allí.

Tom miró hacia arriba y vio a una mujer increíblemente vieja sentada en la cama, con el rostro arrugado como una pasa y el pelo blanco como la nieve. A diferencia de la mayoría de los pacientes, no tenía ninguna tarjeta ni ramo de flores junto a la cama. Su mesilla de noche estaba completamente desnuda, salvo por una jarra de agua y un vaso de plástico.

—¡Vámonos! —dijo Tom al camillero. El chico quería seguir adelante, pero su compañero parecía dudar.

Finalmente, el hombre negó con la cabeza.

—No podemos irnos como si nada.

—¡Nunca había visto unos globos tan preciosos en toda mi vida! ¡Me chiflan! —dijo la anciana—. ¿Quién me los ha mandado? ¿Ha sido papá?

La mujer aparentaba noventa y pico años, quizá más. Era como si el paso del tiempo la hubiese hecho encoger como una pieza de fruta abandonada al sol. Tom comprendió que su cuerpo no era lo único que había envejecido. Su mente tampoco debía de andar muy fina si creía que su padre seguía vivo. Era simplemente imposible.

El chico no tenía ni idea de qué decir o hacer.

Nelly

Mientras se levantaba, rodeado de globos que rebotaban arriba y abajo, Tom preguntó al camillero en susurros:

—Su padre no puede estar vivo, ¿verdad que no?

—No, por supuesto que no —contestó el hombre en voz baja—. Nelly tiene noventa y nueve años, y no le queda ningún pariente con vida.

—¿Qué hacemos con los globos? —preguntó Tom.

—Nelly cree que sigue siendo una niña, así que debemos seguirle la corriente. Déjame a mí.

El camillero se volvió hacia la anciana.

—Sí, Nelly, tu padre te ha mandado este globo —dijo, tendiéndole el que estaba más cerca de la mujer, uno que había birlado varias camas más allá. Estaba un poco desinflado y ponía «Te quiero, abuelo», aunque eso a ella le traía sin cuidado. En cuanto cogió el cordel se le iluminó el rostro.

—Oh, me encanta... ¡Qué cuco es! —exclamó con una vocecilla infantil—. Y tú también eres muy cuco por habérmelo traído.

Tom miró al camillero. Seguramente era la primera vez que le decían algo parecido a un piropo.

—¿Ha dejado papá algún mensaje para mí? ¿Ha dicho cuándo vendrá a recogerme?

El camillero parecía haberse quedado en blanco, así que Tom salió al paso.

—Pronto, Nelly —dijo el chico—. Lo verás muy pronto.

—¿De verdad?

—Sí, de verdad —contestó Tom.

—¡Yupi!

La anciana sonrió y los años parecieron desvanecerse como por arte de magia. Era como si volviera a ser realmente una niña.

—Tenemos que irnos —dijo Tom.

—¿Vais a llevar globos a todos los demás niños del hospital? —preguntó la anciana.

—Sí —contestó Tom con voz temblorosa a causa de la emoción—. Eso es justo lo que vamos a hacer.

—¡Estupendo! —exclamó la mujer—. ¡Hay que ver cuántos globos lleváis ahí! ¡Cuidadín, no vayáis a salir volando! ¡Ja, ja, ja!

Tom y el camillero intercambiaron una mirada. La anciana se las sabía todas.

—¡Tenemos que irnos! —dijo el hombre.

—Volved pronto —pidió la anciana, contemplando maravillada su nuevo juguete.

Tom y el camillero se escabulleron por la gran puerta de vaivén, arrastrando una nube de globos a su paso.

Eran ya las dos de la madrugada, y la tienda de regalos del hospital llevaba horas cerrada. Tom pegó el rostro al cristal. Dentro había grandes racimos de globos de helio a la venta.

Estaban todos recién inflados y se apelotona-ban contra el techo como un gigantesco ramillete de flores.

—Tenemos que echarles el guante, joven Tom —dijo el camillero.

—Pero ¿cómo vamos a entrar en la tienda? —pre-guntó el chico—. ¡Está cerrada a cal y canto!

—No lo sé —reconoció el hombre—. Pero hay que hacerlo. Se nos acaba el tiempo, y no podemos defraudar al joven George en su gran noche.

Al fondo del pasillo se oía el monótono runrún de algún aparato eléctrico.

ZUUUM...

¡Era Perla, la mujer de la limpieza!

Tom y el camillero se miraron con cara de pánico y corrieron a esconderse a la vuelta de la esquina.

Perla avanzó despacio por el pasillo, zarandeando la pulidora de suelos de aquí para allá y dejando a su paso un reguero de ceniza de cigarrillo. Luego apagó la máquina, sacó un gran manojo de llaves y abrió la puerta de la tienda.

Una vez dentro, volvió a encender la pulidora.

ZUUUM...

Perla empezó entonces a pulir el suelo de la tienda de regalos, que también regó de cenizas.

Los ladrones de globos se miraron sonrientes. Ahí estaba su gran oportunidad.

La pulidora hacía tanto ruido que ahogó el sonido de sus pasos cuando entraron en la tienda.

ZUUUM...

Mientras Perla les daba la espalda, corrieron hasta el rincón donde se amontonaban los globos, cogieron tantos como pudieron y los añadieron a su nada desdeñable botín.

ZUUUM...

Sin embargo, justo cuando estaban a punto de salir por la puerta, aquel runrún se detuvo de pronto.

Tom no osaba mirar hacia atrás.

—¡Eh! —gritó Perla—. ¿Qué pasa con los globos esta noche? ¡Quiero saber qué diantres andáis tramando! ¡Ahora mismo!

—¡Ah, hola, señorita Perla! —saludó el camillero, todo meloso.

—¡Tú tenías que ser! —exclamó la señora de la limpieza—. Debí sospecharlo. Siempre andas merodeando por los rincones, haciendo de las tuyas.

—Pero ¡qué dice! —replicó el camillero, esforzándose por pintar una sonrisa en su rostro deforme—. El joven Tom y yo íbamos a llevar estos globos a la planta de pediatría.

—¿A santo de qué? —preguntó la mujer.

—¡Voy a organizar un taller para enseñar a los niños a hacer formas animales con globos! —mintió el camillero.

—¿A estas horas de la noche?

—Vamos a hacer sobre todo tejones y búhos, que como sin duda sabrá son criaturas nocturnas, lo que significa que solo salen de noche —añadió Tom.

—¡No me creo ni una palabra! Mentís los dos. No sé qué os traéis entre manos, panda de bellacos, pero seguro que no es nada bueno. No tenéis ningún

244

derecho a robar esos globos. Voy a llamar a seguridad ahora mismo.

—¡Oh, no! ¿Qué hacemos? —preguntó Tom.

—¡Correr! —contestó el camillero.

La pareja salió de la tienda corriendo como alma que lleva el diablo. El camillero iba arrastrando su pierna atrofiada.

Al ver que Perla había dejado el manojo de llaves colgando de la puerta, Tom tuvo una idea. Antes de irse, dejó a la pobre mujer encerrada en el interior de la tienda.

Furibunda, Perla empezó a aporrear el cristal de la puerta.

¡PAM!

¡PAM!

¡PAM!

¡PAM!

—¡DEJADME SALIR! —gritaba, dejando caer una lluvia de ceniza.

Pero los dos ladrones ya se escabullían pasillo abajo, arrastrando a su paso cientos de globos.

CAPÍTULO 33

LA INCREÍBLE ANCIANITA VOLADORA

—¡LLEGÁIS TARDE! —bramó Amber cuando
Tom y el camillero se presentaron por fin en el punto
de encuentro. George estaba con ella, y tampoco parecía demasiado contento. Los tres equipos se habían reunido en el hueco de escalera que iba desde las mismísi-
mas entrañas del hospital hasta la última planta. Todos
ellos sujetaban enormes ramilletes de globos. Por supuesto, al ser la líder no oficial del club de los Amigos
de Medianoche, Amber era la que más globos tenía,
unos doscientos o trescientos, todos atados a su silla de

ruedas. Eran tantos que la chica flotaba a ras de suelo. Un globo más y seguramente despegaría hacia arriba. Estaba claro que Robin y ella se habían tomado muy en serio la tarea de hacer realidad el sueño de George.

—¡Perdón! —dijo Tom cuando llegaron el camillero y él. Estando allí, en el arranque del hueco de la escalera, se dio cuenta por primera vez de lo increíblemente alto que era el edificio del **HOSPITAL LORD MILLONETI**. Cuando miró hacia arriba, sintió vértigo. Nunca había estado en un edificio tan alto. Unas escaleras larguísimas partían desde allí hasta la última planta del hospital. Debía de tener mil peldaños, y arriba del todo había un inmenso tragaluz a través del cual se veían las estrellas centelleando en el cielo nocturno.

No había más que verles la cara para saber que todos estaban como locos de emoción. Las aventuras a media noche siempre los llenaban de euforia.

—Vamos allá, chicos —anunció George—. ¡Dadme vuestros globos!

No podía esperar ni un segundo más.

—¡Un poco de paciencia, joven George! —dijo el camillero—. Se trata de una operación delicada. Tenemos que dar con el número exacto de globos. Si los cogieras todos de golpe, podrías salir disparado como un cohete.

—¡Eso es exactamente lo que quiero! —protestó el chico.

—No caerá esa breva... —soltó Robin.

Por si estáis pensando en hacer volar a vuestra mascota, he aquí el número de globos que necesitaréis...

Gerbo: 7 globos.

Hámster: 12 globos.

Conejo: 31 globos.

Tortuga: 39 globos.

Gato: 47 globos.

Perro: 58 globos.

* Primero preguntadle a la mascota qué opina al respecto, por favor. Las hay que prefieren quedarse en tierra.

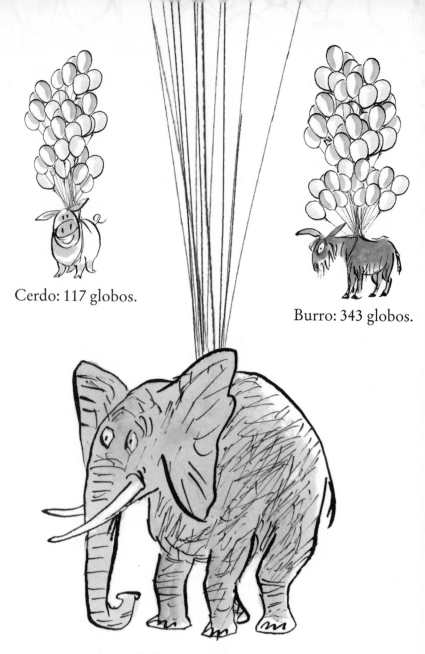

Cerdo: 117 globos.

Burro: 343 globos.

Elefante: 97.282 globos.

Ballena azul: 3.985.422 globos.

—¡Yo ya estoy flotando! ¡Mirad! —exclamó Amber. La chica se sostenía en el aire, a escasos centíme-

tros del suelo—. ¡Y eso con el peso añadido de la silla de ruedas!

—¡Vale, vale! —convino George, impaciente—. ¡Decidme qué tengo que hacer!

—Antes que nada, alguien tiene que subir allá arriba para que, cuando George llegue a la última planta, le quite un solo globo. Así conseguiremos que vuelva a bajar sin hacerse daño —explicó el camillero—. ¡Voluntarios, levantad la mano!

Como era de esperar, ninguno de los integrantes del club de los Amigos de Medianoche tenía ganas de subir mil escalones.

Sin pensarlo, Tom se llevó la mano a la nariz para rascarse.

—Gracias, joven Tom —dijo el camillero.

—Pero... —protestó el chico.

—Muy noble por tu parte. ¡Venga, para arriba!

Tom empezó a subir las escaleras a regañadientes. Al principio lo hacía dando pisotones para demostrar su enfado, pero no tardó en descubrir que así se cansaba más. Mientras subía, oía todo lo que se decía allá abajo, pues las voces resonaban en el hueco de la escalera.

Como de costumbre, el camillero se encargó de organizarlo todo. Iba cogiendo los globos, ramillete a ramillete, y se los iba pasando a George.

En menos que canta un gallo, el chico empezó a

sentirse ligero como una pluma. Sus pies apenas to-
caban el suelo.

—Ahora tenemos que ir con mucho cuidado
—dijo el camillero—. De uno en uno.

Finalmente, jadeando y sin aliento, Tom subió el
último tramo de escaleras. Los deportes no eran lo
suyo, así que para él aquello era como escalar el
Everest. Miró hacia abajo y se sintió cien veces más
mareado que cuando había mirado hacia arriba. Era
como si fuera a caerse, aunque la barandilla se lo im-
pedía.

Para entonces, Geor-
ge flotaba a escasos cen-
tímetros del suelo. Un
par de globos más y esta-
ría listo para el despe-
gue.

—¿Todo a punto ahí
arriba, joven Thomas?
—preguntó el camillero
a gritos.

—¡Afirmativo! —con-
testó Tom, aunque por
unos instantes había olvidado qué hacía allí arriba. «Tengo

que quitarle un globo a George para que pueda bajar flotando sin hacerse daño», se dijo para sus adentros.

El camillero tenía un solo globo en la mano, frente a los cientos de George.

—Estoy seguro de que este te hará despegar. ¿Listo?

—¡Listo! —contestó el chico.

El camillero se volvió hacia Amber y Robin.

—Venga, contemos todos juntos, como si fuéramos a lanzar un cohete espacial... **Diez, nueve, ocho...**

El club de los Amigos de Medianoche contó hacia atrás al unísono.

—Siete, seis, cinco, cuatro, tres, dos...

Pero antes de que pudieran decir **«uno»** la ancianita nonagenaria, Nelly, entró tan campante en el hueco de la escalera, sujetando su globo.

—¡Ah, hola de nuevo! —dijo, toda contenta—. Me encanta este globo que me has dado, pero me preguntaba si podría cambiarlo por uno de color rosa.

Entonces, ni corta ni perezosa, Nelly alargó la mano y cogió el inmenso ramillete de globos que tenía George.

En cuanto lo hizo, su cuerpecillo salió disparado hacia arriba, veloz como un cohete.

¡Fiuuu!

→ CAPÍTULO 34 →
AL ROJO VIVO

Tom intentó por todos los medios sujetar a la ancianita cuando esta pasó volando delante de sus narices, pero iba demasiado deprisa. Como pesaba mucho menos que George, el helio de los globos la arrastró por el hueco de la escalera a la velocidad del rayo.

Nelly atravesó la bóveda del tragaluz, provocando una lluvia de cristales rotos.

Los que estaban allá abajo se apartaron de un salto para evitar las afiladas esquirlas de cristal, que cayeron al suelo con un estruendoso...

¡CHIS, CHAS!

—¡Yujuuu! —gritó la anciana, más contenta que unas pascuas, ascendiendo hacia el cielo estrellado.

—¡No es justo! —protestó George.

Desde lo alto de las escaleras, Tom veía a Nelly planeando sobre los tejados de Londres.

—¡BAJA! —le ordenó el camillero a gritos.

Tom se encaramó al pasamanos y se deslizó hacia abajo. A medida que iba cogiendo velocidad, se notaba el trasero cada vez más caliente, pero no tardó en comprender que no podía parar.

—¡Arrrgggghhh! —gritó.

—¿Qué ocurre, joven Thomas? —preguntó el camillero.

—¡TENGO EL CULETE AL ROJO VIVO!

—Justo lo que nos faltaba —comentó Robin.

El chico resbalaba por la barandilla a una velocidad vertiginosa. La fricción era tal que el viejo pantalón de pijama que le había buscado el camillero empezó a echar humo por la parte de las nalgas.

—¡Arrrggghhh!

—chilló Tom.

—¡DE VERDAD QUE TENGO EL CULETE AL ROJO VIVO!

—Sí, guapo, ya te hemos oído... —replicó Robin, sin prestarle demasiada atención.

—¡George, coge el extintor! —bramó el camillero.

El chico obedeció, pero al coger el extintor debió de apretar algo sin querer, porque el aparato empezó a soltar un potente chorro de espuma.

¡FFFzzzzzz!

—¡Aparta eso! —gritó Amber, que de pronto parecía un merengue gigante.

—¡No puedo pararlo! —replicó George a gritos.

—Creo que me he perdido algo... —dijo Robin, también cubierto de espuma de pies a cabeza.

—¡SOCORRO! —vociferó Tom—. ¡QUE ALGUIEN ME COJA!

El extintor seguía descontrolado, así que el camillero no tardó en acabar también sepultado bajo una capa de espuma blanca.

¡FFFzzzzzz!

Desesperado, el hombre intentó apartar la espuma de los ojos para poder coger a Tom al vuelo.

—¡NO VEO NADA! —gritó.

—Bienvenido al club —le soltó Robin.

Tom miró hacia atrás y vio que iba derecho hacia Amber.

—¡AMBER, INTENTA COGERME! —chilló.

—¡TENGO LOS BRAZOS ROTOS! —contestó la chica.

¡FIUUU!

Tom salió despedido al llegar al final de la barandilla.

¡ZAS!

Surcó el aire...

¡FIUUU!

Y aterrizó encima de Amber.

¡CATAPUMBA!

Con el impacto, la silla de ruedas reculó a toda velocidad...

¡TRACA, TRACA, TRACA!

... y se estrelló contra la pared con un tremendo...

¡CATAPLÁN!

Sus dos ocupantes acabaron tirados en el suelo, como un revoltijo de extremidades embadurnadas de espuma.

¡PLAF, CLONC!

Y entonces, por fin, el extintor se paró.

—¡Buenas noticias, chicos! —anunció George.

—¿Qué? —preguntaron los demás.

—¡He averiguado cómo apagar esta cosa!

—¡Justo a tiempo! —comentó Robin con sarcasmo.

—Me alegro de que mis brazos y piernas ya estuvieran rotos —dijo Amber—, porque de lo contrario me los habría roto, seguro.

Tom examinó los fondillos de su pantalón de pijama. Estaban todos negros y chamuscados.

—¡Venga, vámonos! —ordenó el camillero.

—¿Adónde? —preguntaron los chicos al unísono.

—¡Tenemos que coger a una ancianita voladora!

CAPÍTULO 35

¡NIIINOOO, NIIINOOO!

El club de los Amigos de Medianoche se fue en busca de un vehículo y encontró una vieja y destartalada ambulancia con el motor todavía en marcha.

—¡Vamos, subid todos! —ordenó el camillero.

Los chicos unieron sus fuerzas para meter a Amber y su silla de ruedas en la parte trasera de la ambulancia.

—Veamos, ¿quién quiere guiarme? —preguntó el camillero.

—No creo que yo sea el más indicado —se excusó Robin, señalando el vendaje que le cubría los ojos.

—¡Yo lo haré! —exclamó Tom. Aquello prometía.

—Perfecto, joven Thomas. ¡Te ataré al tejado en un pispás! —anunció el camillero.

—¡¿Que me qué?! —replicó Tom.

—¡No hay tiempo para discutir! ¡Nelly está sobrevolando Londres en este preciso instante!

El hombre se sacó el viejo cinturón de cuero de los pantalones y trepó con cierto esfuerzo a la cubierta de la ambulancia. Una vez allí, amarró el cinturón a la sirena y luego le dio un tirón para asegurarse de que quedaba bien sujeto.

—¡Listo! ¡Arriba, Tom! —dijo, tendiendo la mano al chico para ayudarlo a subir.

El chaval se puso en pie sobre la cubierta de la ambulancia y se agarró al cinturón con todas sus fuerzas.

—¡Tú eres mis ojos! —le advirtió el camillero, deslizándose por el parabrisas—. ¡Avísame cuando veas a Nelly!

—¡De acuerdo! —dijo Tom.

—¿Preparado? —preguntó el camillero.

—¡Su-supongo! —contestó el chico.

La ambulancia arrancó a toda velocidad.

¡BRUUUM!

Mientras el vehículo avanzaba como un bólido, perdiéndose en la noche, los ojos de Tom barrían el cielo negro. «Lo que se está perdiendo Sally...», pensó. De pronto, aquellas aventuras imaginarias se habían convertido en algo muy real. A lo lejos creyó distinguir, recortada sobre la luna llena, una gran nube de globos de la que colgaba la silueta de una ancianita.

—¡Ahí está! —gritó Tom.

—¿En qué dirección? —preguntó el camillero.

—¡Todo recto!

¡BRUUUM!

El hombre pisó el acelerador.

Tom tuvo que sujetarse con fuerza, pues ahora la ambulancia avanzaba a toda pastilla. ¡Lo que llegaba a correr aquel montón de chatarra!

—¡IZQUIERDA! ¡IZQUIERDA! ¡TODO RECTO! —gritaba el chico.

La ambulancia derrapaba al doblar las esquinas, se metía por calles en dirección contraria y hasta se subía a la acera con tal de no perderle la pista a la ancianita voladora.

—No veo por qué tenemos que correr tanto —refunfuñó Robin, que iba sentado delante, entre George y el camillero—. Todo lo que sube, baja. Seguro que la buena mujer acabará aterrizando en algún lugar, y entonces podrá volver al hospital por su propio pie.

—A mí la ancianita no me preocupa demasiado —comentó George—, pero ¡quiero recuperar mis globos! ¡Soy yo quien debería estar volando!

—¡No puedo creer que seáis tan egoístas! —dijo Amber, que los iba oyendo desde la parte trasera de la ambulancia—. ¡Esa pobre mujer necesita nuestra ayuda! Y lo que es más importante todavía: ¡vamos en una ambulancia de verdad! ¡Pisa el acelerador, camillero, PÍSALO A FONDO! ¡Y pon la sirena!

Con una sonrisa, el hombre obedeció.

¡NIIINOOO, NIIINOOO!

¡NIIINOOO, NIIINOOO!

¡NIIINOOO, NIIINOOO!

En la cubierta de la ambulancia, el ruido era ensordecedor. Tom tenía que desgañitarse para que el camillero oyera sus indicaciones.

—¡DERECHAAA!

A lo lejos, la silueta de la anciana sobrevolaba, casi rozándolos, los tejados de algunos de los edificios más emblemáticos de Londres: la catedral de San Pablo, la Columna de Nelson en Trafalgar Square y el palacio de Westminster. Pero justo entonces el dobladillo del camisón de Nelly se quedó enganchado en la aguja más alta de la abadía de Westminster.

En un visto y no visto, el camisón se rasgó de arriba abajo y quedó atrapado en la aguja.

¡RAS!

—Uy, uy, uy... —dijo Nelly entre risas—. ¡Estoy en pelota picada!

Vaya si lo estaba.

—¡NELLY VA DESNUDA! —gritó Tom, sin poder apartar los ojos de aquellos globos arrugados y aquel trasero más arrugado todavía.

—¡OH, NO! —exclamó el camillero.

—¡NO CREAS, YO DIRÍA QUE SE LO ESTÁ PASANDO PIPA! —replicó Tom a gritos.

Y entonces llegó el DESASTRE.

Las ramas de un árbol muy alto arrancaron de cuajo la mitad de los globos de Nelly, y la anciana empezó a perder altura a una velocidad alarmante.

—¡PARA! ¡LA TENEMOS JUSTO ENCIMA! —bramó Tom.

El camillero pisó a fondo el pedal del freno y la ambulancia se detuvo con un chirrido.

La anciana descendió hasta caer sobre la cubierta de la ambulancia...

¡CATAPLÁN!

... noqueando de paso a Tom.

¡PUMBA!

CAPÍTULO 36

LA COMISIÓN
DE «MALVENIDA»

En la parte trasera de la ambulancia los pasajeros iban ahora un poco apretujados. Tom viajaba en una camilla, inconsciente, tras recibir un fuerte golpe en la cabeza por segunda vez en los últimos dos días. Amber iba en medio, en su silla de ruedas. En otra camilla estaba Nelly, envuelta en una manta que tapaba su cuerpo desnudo. La anciana se había incorporado y charlaba sin parar sobre su primer vuelo en globo.

—¿Cuándo podré volver a volar? —preguntó la muy pizpireta.

—¡Nunca! —respondió George con una mirada asesina.

El chico estaba enfurruñado porque aquella ancianita le había arrebatado su sueño de volar.

—Se suponía que era yo el que iba a volar esta noche. ¡Usted ni siquiera forma parte del club de los Amigos de Medianoche!

—¿El club de los Amigos de

Medianoche? ¡Oh, eso suena de lo más emocionante! ¿Me dejáis entrar en el club, por favor?

—¡NO! —replicó George—. ¡Después de lo que ha pasado esta noche, nunca, pero nunca jamás, la dejaremos entrar en el club!

—Hum, no sé si ha quedado del todo claro... —bromeó Robin.

—¡JAMÁS DE LOS JAMASES! —remató George.

—Para mí que aún suena un pelín ambiguo... —lo provocó Robin.

—¡Cierra el pico! ¿Camillero?

—¿Sí, joven George?

—¿Crees que podríamos parar un segundito en algún restaurante de comida india para llevar? Se lo prometí a mi amigo el quiosquero.

—Odio llevarte la contraria, joven George, pero lo cierto es que tenemos un poco de prisa —contestó el camillero.

—Ya me lo imaginaba. Es que el pobre se está muriendo de hambre...

—Lo siento mucho, George.

—¿Ni siquiera un poppadom?

—No sería sensato detenernos.

—Bueno, pero que sepas que mi amigo Raj se llevará un buen chasco.

George había insistido en llevar todos los globos sobrantes de vuelta al hospital para volver a intentarlo. A regañadientes, el camillero los había atado a la sirena y los llevaba a remolque, rebotando arriba y abajo mientras la ambulancia surcaba las calles de Londres a toda velocidad.

El hombre conducía lo más deprisa posible. Todo el mundo tenía que estar en la cama antes de que Perla descubriera el modo de escapar de la tienda de regalos o de que la enfermera jefe se despertara.

De lo contrario, se armaría la gorda.

Tom empezaba a removerse en la camilla, farfullando algo para sus adentros.

—Yo estaba en el campo de críquet. La pelota... vino volando hacia mí. Me golpeó en la cabeza. Perdí el conocimiento...

—Te confundes —le dijo Robin—. Eso fue la primera vez. Esta vez te ha caído encima una ancianita desnuda.

—¿Qué? —preguntó Tom, volviendo en sí de golpe.

—¡Cuánto me alegro de verte otra vez! —saludó Nelly con una gran sonrisa.

El camillero consultó su reloj de muñeca y pisó a fondo el acelerador.

¡BRUUUM!

Al llevar la sirena puesta podía avanzar a toda mecha, pues los demás coches se apartaban a su paso.

¡NIIINOOO, NIIINOOO!
¡NIIINOOO, NIIINOOO!
¡NIIINOOO, NIIINOOO!

Una gran sonrisa iluminó su rostro. Era evidente que se lo estaba pasando en grande como conductor de ambulancias por una noche. Aquello era mucho más emocionante que llevar a los pacientes de aquí para allá en sus camillas.

La ambulancia dobló la última esquina con un chirrido de neumáticos y el **HOSPITAL LORD MILLONETI** apareció ante los ojos de sus ocupantes.

Mientras se acercaba al edificio, el camillero distinguió a un grupo de personas esperando en la puerta. Todos parecían mirar fijamente la ambulancia. No tardó en comprender que aquello no era precisamente una comisión de bienvenida.

Sino más bien una comisión de «malvenida».

El director del hospital, el señor Peripuesto, los esperaba en los escalones del edificio, impecablemente vestido. A un lado tenía a la enfermera jefe y al otro a Perla, la señora de la limpieza. Todos parecían muy enfadados. Junto a ellos había un par de enfermeras corpulentas y malcaradas.

¡Ahora sí que los habían **PILLADO!**

CAPÍTULO 37

NI PIZCA DE GRACIA

El club de los Amigos de Medianoche recibió órdenes de dirigirse al despacho del director, una sala inmensa con paredes revestidas de roble y un enorme retrato al óleo de lord Milloneti, el fundador del hospital, colgado sobre la chimenea. El camillero y los cuatro niños se reunieron en medio de la habitación.

El señor Peripuesto se sentó al otro lado del escritorio, como un rey en su trono. El director era la persona más importante del **HOSPITAL LORD MILLONETI** y no había más que verlo para comprender que el papel le iba como anillo al dedo. El hombre lucía un impecable traje chaqueta a rayas y una elegante corbata de color rosa, a juego con el pañuelo

que asomaba en su bolsillo. Un reloj con cadena de oro le colgaba del chaleco.

A su espalda, como un ave de rapiña encaramada a su percha, estaba la enfermera jefe. Eran ya las cinco de la madrugada y empezaba a amanecer. La luz del sol daba de lleno en la cara de los niños, que, a excepción de Robin, entornaban los ojos para no quedarse ciegos.

El señor Peripuesto empezó enumerando las faltas cometidas por el club de los Amigos de Medianoche con su voz grave y rimbombante, como si se deleitara con cada vocal y cada sílaba que pronunciaba.

—Drogar a una profesional sanitaria con bombones adulterados. Robar ni se sabe cuántos globos. Encerrar

a la señora de la limpieza en la tienda de regalos. Lanzar por los aires, como si fuera un cohete, a la paciente más anciana del hospital. Romper un tragaluz. Robar una ambulancia. Conducir de forma temeraria.

—¿Nada más? —bromeó Robin.

El camillero y los demás niños no pudieron evitar que se les escapara una risita.

—¡ESTO NO TIENE NI PIZCA DE GRACIA! —bramó el director—. Y sí, por supuesto que hay más, mucho más. ¡Solo me he referido a lo que habéis hecho esta noche! ¿Seríais tan amables de darme una explicación?

—¡Ha sido todo culpa mía! —dijo Tom—. Yo soy el líder del club.

Los demás miembros del club de los Amigos de Medianoche se volvieron hacia el chico. ¿Qué pretendía? Se estaba metiendo en la boca del lobo, como si no tuviera bastante ya.

El señor Peripuesto frunció los labios.

—¿De veras? —preguntó—. Pero tú solo llevas dos noches en el hospital.

—¡He sido yo! —exclamó Robin—. Yo soy el líder del club.

La enfermera jefe soltó una risotada.

—Lo dudo mucho. No ves tres en un burro.

—¡He sido yo! —intervino Amber—. ¡Yo soy la líder del club!

—¿De veras, señorita? —preguntó el director.

—No pudo hacerlo todo ella sola, señor Peripuesto —susurró la enfermera jefe—, no con los brazos y las piernas rotos.

—Tal vez no —replicó el director—. ¿Y tú qué dices, chico?

—Yo no he sido —contestó George—. No he tenido nada que ver con todo eso. ¿Cómo iba a querer volar colgado de unos globos robados?

Estas palabras no sentaron demasiado bien a sus compañeros.

—He sido yo, señor —dijo el camillero, que hasta entonces había guardado silencio.

—¿Qué has hecho tú exactamente? —preguntó el director, mirándolo con desconfianza.

—Es culpa mía que estos niños se hayan aficionado a vivir aventuras nocturnas. Yo llené sus mentes inocentes de ideas descabelladas. Por favor, no los castigue. Yo soy el único responsable de lo sucedido.

Los niños se volvieron hacia el camillero, mudos de asombro. ¿Iban a dejar que cargara con todas las culpas? No parecía justo, pues lo único que había hecho era ayudarlos a convertir sus sueños en realidad.

—¡Enfermera jefe! —llamó el director del hospital, que se había propuesto hacer justicia desde su despacho.

—¿Sí, señor Peripuesto? —contestó la mujer.

—Llévese a este grupo de sinvergüenzas de vuelta a la planta infantil. Métalos a todos en la cama y asegúrese de que no se levantan. No quiero que pierda de vista a ninguno de estos niños. ¿Entendido?

—Entendido, señor Peripuesto —respondió la mujer, y se volvió hacia los niños con una sonrisita de superioridad.

Los chicos salieron de la habitación arrastrando los pies.

Robin no se resistió a lanzarle una última pulla al señor Peripuesto.

—Por cierto, me encanta cómo ha reformado su despacho. ¡La decoración es exquisita!

—¡Gracias! —contestó el hombre, hasta que cayó en la cuenta de que el chico llevaba los ojos vendados, por lo que su comentario solo podía ser sarcástico—. ¡LARGO! —ordenó el director, echándolos entre aspavientos—. Tengo que hablar muy seriamente con el camillero.

Antes de cruzar el umbral, Tom, George y Amber se volvieron para mirar a su amigo. Había una profunda tristeza en sus ojos, pero el camillero se las arregló para dedicarles una sonrisa.

—Adiós, mis jóvenes amigos... —murmuró.

Aquello sonaba como una despedida en toda regla.

La enfermera jefe fue la última en salir del despacho y cerró dando un portazo.

¡PAM!

Los gritos del director resonaron en el pasillo.

A Tom le daba mucha lástima que abroncara así al camillero.

Mientras lo que quedaba del club de los Amigos de Medianoche se encaminaba al ascensor, la enfermera jefe no desaprovechó la ocasión para atacarlos.

—¡Muy bien, pequeños bellacos! —dijo—. ¡No sabéis la que os espera!

¡TILÍN!

Cuando entraron en el ascensor, Tom no pudo evitar preguntarle:

—¿Qué va a pasar con el camillero, enfermera jefe?

—No te preocupes. Ninguno de vosotros volverá a ver jamás a ese hombre horrible. Y por lo que respecta a vuestro ridículo club...

Todos los niños se volvieron hacia ella.

—... ya podéis ir olvidándoos de él.

Las puertas del ascensor se cerraron.

¡TILÍN!

CAPÍTULO 39
LA HISTORIA MÁS TRISTE

Ni que decir tiene que, por la mañana, la moral estaba por los suelos en la planta de pediatría. Sally se moría de ganas de saber qué había pasado, pero nadie parecía demasiado interesado en explicárselo. La noche había sido un desastre de principio a fin.

Ni siquiera la visita de Lupita, siempre tan dicharachera, consiguió levantar los ánimos.

—¿Tostada o cereal? —preguntó la mujer mientras empujaba su carrito de comida entre las hileras de camas—. ¿Tostada o cereal?

—Cereales, por favor —dijo Tom.

—¡Marchando, Thomas! —exclamó Lupita.

Luego cogió la caja de cereales y vertió su contenido en un bol. Fiel a su palabra, Lupita dejó caer un único copo de cereales, que aterrizó en el fondo del bol con un ridículo tintineo:

¡*CLINC!*

—¡¿Ya está?! —preguntó Tom.

—He dicho cereal, no cereales. Lo siento, pero solo me queda uno. Lo he guardado para ti porque sé que te gustan.

—¡Cuidado, no vayas a empacharte! —le advirtió Robin desde la otra punta de la habitación.

—¿Te apetece un poco de té frío por encima? —preguntó Lupita, echando mano de la tetera.

El chico se estremeció solo de pensar en el revoltijo blandengue que había desayunado la víspera.

—¡No, gracias, Lupita! Leche, por favor.

—Hoy tampoco me queda leche, pero tengo media bolsita de kétchup...

—Me muero de hambre... ¡Creo que lo probaré! —dijo Tom, echándole valor.

—¡Estupendo!

La mujer exprimió una gota de salsa roja sobre el copo de cereales.

—¡Aquí tienes! —dijo Lupita, ofreciendo a Tom un desayuno que no habría saciado ni a una ameba.

—¿Puedo comer también una tostada, por favor? —preguntó el chico, esperanzado. Tras las aventuras de la noche anterior, su estómago rugía de hambre, y con aquel solitario copo de cereales no tenía ni para empezar.

Lupita abrió la portezuela metálica del carrito donde guardaba la comida caliente.

—Oh, no... El jefe del hospital, el señor Peripuesto, nos ha obligado a hacer tantos recortes que este es el resultado. No me queda ni una tostada. Lo siento.

Luego Lupita avanzó hacia la cama de George pregonando alegremente:

—¡Nada! ¡Absolutamente nada, eso tenemos hoy para desayunar!

Como era de esperar, nadie levantó la mano.

—¡Qué caras más largas, chicos! —comentó Lupita—. No entiendo qué pasa esta mañana.

—Lo que pasa... —habló la enfermera jefe, que apareció por sorpresa justo detrás de Lupita. Una vez más, fue como si hubiese salido de la nada—... es que estos mocosos se han metido en un buen lío. Han infringido todas y cada una de las normas del hospital.

—Pero parecen tan buenos niños... —dijo la encargada del comedor.

—¡No te dejes engañar! No son más que ladrones y embusteros de la peor calaña.

Los niños miraron al suelo, avergonzados.

—Excepto Sally —añadió la enfermera jefe.

Lupita miró hacia la cama de la pequeña.

—Sigue durmiendo, el angelito.

—Y por culpa de estos cuatro mequetrefes, el camillero ha sido despedido.

—¡No! —Lupita no se lo podía creer—. ¡¿Despedido?!

—¡Sí! Esta misma mañana. Se lo tenía merecido. ¡Qué hombre más repulsivo! Siempre supe que no era trigo limpio. El señor Peripuesto exigió que abandonara de inmediato el **HOSPITAL LORD MILLONETI**.

—Oh, no. Oh, no, no, no. Oh, no, no, no, no, no. El camillero no se merecía una cosa así. Es un cielo de hombre, y trabaja en el hospital desde hace siglos. ¡Es toda una institución!

—Por supuesto que se lo merecía. ¡A quién se le ocurre ayudar a estos mocosos con sus estúpidos jueguecitos nocturnos! —bramó la enfermera jefe.

—Pero ¡el **HOSPITAL LORD MILLONETI** era su

vida! —protestó Lupita—. El pobre hombre no tenía nada más. Ni mujer, ni hijos, ni una familia de la que hablar. Cuenta la leyenda que fue abandonado por su madre al nacer a la puerta de este hospital.

—¡No sé de qué te extraña! —replicó la enfermera jefe con una carcajada—. ¿Qué madre no querría abandonar a un bebé tan horrendo?

Tom pensó que aquella era la historia más triste que había oído en su vida. A veces, tenía la impresión de que sus padres también se habían desentendido de él abandonándolo a su suerte en un internado, pero aquello no tenía ni punto de comparación.

Lupita negó con la cabeza.

—Pobre hombre... —murmuró—. Tengo que ir a ver si está bien. Puede que necesite un sofá en el que pasar la noche o un buen plato de comida caliente.

—¡Esa criatura repugnante no merece tu compasión! ¡Ni la de nadie! Se ha dedicado a meter ideas disparatadas en la cabeza de estos niños.

Siempre he dicho que es tan feo por dentro como por fuera.

—¡Eso no es cierto! —protestó Tom.

—¡Por dentro, el camillero es bellísimo! —añadió Amber—. ¡Es la persona más buena que conozco!

—¡Dudo que usted sepa qué es la bondad, enfermera jefe! —intervino Robin.

—¡Así se habla! —exclamó George—. ¡Pedazo de bruja!

Por unos instantes, parecía que estaba a punto de estallar una revuelta.

—¡A CALLAR! —ordenó la enfermera jefe a grito pelado.

Los niños enmudecieron, asustados.

—¡Pequeñas sabandijas! ¿Cómo se os ocurre defender a ese... MONSTRUO? ¡No quiero volver a oír una sola palabra en todo el día!

Solo Lupita tuvo valor para romper el silencio.

—Enfermera jefe... —empezó.

—¡¿QUÉ?!

—¿Sabe usted cómo puedo ponerme en contacto con el camillero?

—¡No tengo ni la más remota idea! A juzgar por el estado de su ropa y su olor, no me extrañaría que fuera un vagabundo y viviera en una caja de cartón, ¡ja, ja, ja!

—Bueno, esté donde esté, esta noche rezaré por él —dijo Lupita.

—¡Va a necesitar algo más que oraciones! —se burló la enfermera jefe—. Su miserable y triste vida está acabada. ¡Nunca conseguirá otro empleo! Venga, Lupita, acaba con los desayunos de una vez y vete de mi planta.

—¡A la orden, enfermera jefe!

—Tengo que meditar sobre la mejor forma de castigar a estos niños tan requetemalos.

Dicho lo cual, la mujer dio media vuelta y se fue taconeando hacia su despacho.

CAPÍTULO 40

DESAYUNO CON BOMBONES

Lupita se demoró junto a su carrito de la comida hasta que la enfermera jefe se marchó, y solo entonces se volvió hacia Tom.

—¿Has acabado tu copo de cereales? —preguntó.

Cómo no, el chico se lo había comido de un bocado.

—Sí, gracias.

—¿Qué tal estaba?

—La verdad, no demasiado bueno.

—Lo siento.

—¡Lupita! —susurró Amber.

—¿Sí, tesoro?

—Por favor, busca al camillero —empezó la chica—. No puedo creer que haya tenido una vida tan horrible. Me siento fatal. El pobre solo intentaba ayudarnos y por nuestra culpa lo han despedido. Tienes que decirle que lo queremos muchísimo y lo echamos de menos. Y también que Amber siente mucho, pero mucho, mucho, mucho, lo que ha pasado.

—¡Y Robin también lo siente! —dijo Robin.

—¡Y George! —añadió este.

—Y, por favor, dile que nadie lo siente más que yo —se lamentó Tom.

—Eh, espera un momento, ¡quien más lo siente soy yo! —protestó Amber.

—¡Fue mi sueño el que salió rana, así que si alguien tiene motivos para sentirlo soy yo! —replicó George.

—Por favor, no discutamos sobre cuál de nosotros lo siente más —intervino Robin, y añadió con una sonrisa—: ¡Que soy yo, evidentemente!

—Si lo encuentro, le diré que todos lo sentís muchísimo —concluyó Lupita.

—¡Bien pensado! —dijo Tom.

—¿Qué vamos a desayunar? —preguntó Amber.

—¿Te quedan bombones, George? —preguntó Robin.

—Sí —contestó el chico—. Tengo por aquí un alijo secreto. Es la última lata, pero quiero compartirla con vosotros.

El chico abrió la funda de la almohada, sacó una lata de su interior y empezó a lanzar puñados de bombones a las otras camas.

—Gracias, George —dijo Tom.

—Bueno, el club de los Amigos de Medianoche estuvo genial mientras duró —reflexionó Robin—. Yo tuve la oportunidad de dirigir una orquesta de instrumentos médicos. Amber llegó al Polo Norte. Y el bueno de George consiguió levitar por unos segundos...

—¡Oh, sí, no veas! ¡Un sueño hecho realidad! —comentó George con sarcasmo.

—Pero tú, Tom, no has tenido ocasión de cumplir ningún sueño. Solo por curiosidad, ¿qué hubieses pedido?

—Llevo toda la mañana pensándolo —contestó él.

—¿Y bien? —dijo Amber.

—Bueno, cuando me hicisteis prestar juramento para entrar en el club de los Amigos de Medianoche, dije algo así como que mis amigos estaban por encima de todo lo demás.

—¿Te refieres a lo de «Juro solemnemente que siempre antepondré las necesidades de mis compañeros del club a las mías»? —precisó Amber.

—¡Eso es! —exclamó Tom.

—¿Y qué?

—Que eso es exactamente lo que quiero hacer. Hay alguien en esta planta cuyas necesidades son mucho mayores que las mías. Así que había pensado cederle mi deseo.

—¿Quién es? —preguntó Robin.

—¡Sally! —respondió Tom.

—¡Claro! —repuso Robin.

CAPÍTULO 41

¿UNA ÚLTIMA AVENTURA?

—Sally desea formar parte del club de los Amigos de Medianoche más que ninguno de nosotros —dijo Tom—. Y, sin embargo, una y otra vez ha recibido un no por respuesta.

—No queríamos que se pusiera más enferma por nuestra culpa —se excusó Amber—. Las aventuras pueden ser peligrosas. Solo lo hacíamos por su bien.

Desde el extremo de la planta de pediatría, Sally tomó la palabra:

—Ya, pero en la vida todos deberíamos ver cumplido al menos uno de nuestros sueños.

—¡Creíamos que estabas dormida! —exclamó Tom.

—Lo estaba y no lo estaba —comentó la niña—. El tratamiento que me dieron ayer me dejó fuera de combate, pero hoy me siento mucho mejor.

—Me alegro —dijo Amber.

—Muchísimas gracias por cederme tu deseo, Tom. No se me ocurre mejor regalo.

—No hay de qué, Sally —respondió el chico—. Es una pena que no podamos verlo cumplido.

—¿Por qué no? —preguntó Sally.

—Porque el club de los Amigos de Medianoche ya no existe —contestó Amber.

—Los mayores nos han obligado a disolverlo —añadió George.

—¡Solo porque hemos hecho que una anciana de noventa y nueve años sobrevolara los tejados de Londres! —señaló Robin—. En pelota picada. ¡Cómo se atreven!

—¡Ja, ja! —rio Sally, pero una mueca de dolor puso fin a su risa. Uno tras otro, los demás se levantaron de sus camas y se reunieron en torno a la de la niña.

—¿Estás bien? —preguntó Tom, cogiéndole la mano.

—Sí, sí, estoy bien —contestó Sally, sin duda mintiendo—. ¿Y estáis seguros de que el club de los Amigos de Medianoche no podría vivir una última aventura?

Los niños negaron con la cabeza, apesadumbrados.

—¿Cuál habría sido tu sueño? —preguntó Tom.

—¡Eso! —dijo Amber—. Nos encantaría saberlo.

Sally levantó la mirada.

—Os parecerá una tontería...

—De eso nada —replicó Tom—, digas lo que digas.

—¡Yo quería ir al Polo Norte pese a tener los brazos y las piernas rotos! —confesó Amber.

—Y yo quería dirigir una orquesta, aun estando ciego —añadió Robin.

—¡Y yo quería volar! —anunció George con una carcajada—. ¡Y eso que peso el doble que cualquiera de vosotros!

Sally sonrió.

—Bueno... —La pequeña empezaba a coger confianza—. ¡Mi deseo es vivir una vida plena y maravillosa!

—¿Qué quieres decir? —preguntó Tom.

—He pasado tanto tiempo en el hospital que me he perdido un montón de cosas. A veces pienso que nunca saldré de este sitio. Puede que nunca bese a nadie, ni me case, ni tenga hijos.

Sus compañeros de planta tenían los ojos llenos de lágrimas.

—No quiero daros pena —dijo Sally—, pero por favor, os lo suplico, ¿no podrían los Amigos de Medianoche vivir una última aventura, la aventura de toda una vida?

—¿SE PUEDE SABER QUÉ HACÉIS TODOS LEVANTADOS, MALDITOS MOCOSOS? —bramó la enfermera jefe.

Como de costumbre, había aparecido sin que nadie se diera cuenta.

—He sido demasiado blanda con todos vosotros. De ahora en adelante, las cosas van a cambiar en la planta de pediatría. ¡Volved a la cama AHORA MISMO!

Los chicos obedecieron y se fueron a sus camas después de ayudar a Amber a meterse en la suya.

—¡Regla número uno! ¡Nadie se levanta de la cama a menos que yo lo diga, ¿entendido?

—Sí, enfermera jefe... —farfullaron los chicos a regañadientes.

—¡HE DICHO QUE SI ME HABÉIS ENTENDIDO!

—Sí, enfermera jefe —repitieron los niños, más alto esta vez.

—¡A VER SI ES VERDAD!

Justo cuando Tom volvía a meterse en la cama, la enfermera jefe lo llamó.

—Tú no, chico.

Tom se preguntó qué habría hecho esa vez.

—Esta mañana han llegado los resultados de todas las pruebas que te hemos hecho —anunció la mujer.

—¿Ah, sí...? —dijo él, tragando saliva. Sabía lo que iba a pasar.

—Sí. ¡Y adivina qué! Resulta que no tienes absolutamente nada. ¡Llevas todo este tiempo fingiendo, pequeña alimaña!

—Pero... —protestó Tom.

—¡A CALLAR! —bramó la enfermera jefe—. Te irás del hospital ahora mismo. ¡El director de tu internado ha venido a recogerte!

CAPÍTULO 42
LA FUGA

Tom poco menos que se había olvidado de San Guijuela. Aunque solo llevaba un par de días en el hospital, ya se sentía como en casa y tenía la sensación de que los demás niños formaban parte de su familia.

—¡Charper! —lo llamó el director del internado desde el otro extremo de la planta. En San Guijuela, los profesores jamás se dirigían a los alumnos por su nombre de pila.

—¿Sí, señor? —contestó Tom. Era como si nunca se hubiese ido del internado.

—Vámonos, muchacho.

El director del internado era un caballero corpulento con largas patillas y gafitas redondas. Siempre vestía un grueso traje de *tweed*, cárdigan y pajarita. El humo de su pipa lo seguía allá donde fuera. Era como si perteneciera a un siglo pasado y hubiese viajado en el tiempo hasta el presente. La escuela se enorgullecía de no haber cambiado un ápice en cientos de años, así que su anticuado director, el señor Rancio, le iba que ni pintado.

La enfermera jefe estaba a su lado.

—¡Vamos, chico, en marcha! —ordenó la mujer.

—¿Qué pasa con mis padres, señor? —preguntó Tom.

—¿A qué te refieres, muchacho? —repuso el señor Rancio.

—Creía que tal vez vendrían a recogerme...

—No, no, qué va, ¡si están a miles de kilómetros! —dijo el director, riendo entre dientes.

Tom parecía abatido.

—¡No ha sido más que un golpecito en la cabeza, muchacho! —añadió el señor Rancio—. ¡Lástima que

no haya servido para espabilarte! No olvidemos el lema del internado San Guijuela: *Nec quererer, si etiam in tormentis.* ¡A ver cuánto sabes de latín, muchacho!

—«Nunca te quejes, por mucho que sufras» —tradujo Tom.

—¡Excelente!

Aquel lema figuraba en el escudo de la escuela que adornaba las chaquetas de todos los uniformes.

Los demás pacientes de la planta de pediatría vieron con tristeza cómo Tom corría la cortina en torno a su cama para volver a ponerse el uniforme de críquet. El chico se lo tomó con toda la parsimonia que pudo. No quería separarse de sus amigos.

—¡Por el amor de Dios, date prisa, muchacho! —ordenó el señor Rancio—. Y no te entretengas.

Tom se puso el jersey manchado de hierba y apartó la cortina.

—¿Ha tenido noticias de mis padres? —preguntó Tom, esperanzado.

El director negó con la cabeza y lo miró con una sonrisita desdeñosa.

—¡Nada de nada! Nunca llaman. Nunca escriben. Es casi como si se hubiesen olvidado de ti por completo.

Tom clavó los ojos en el suelo.

—Venga, Charper, ¿a qué esperas? —le dijo el director.

—Solo quiero despedirme de mis nuevos amigos.

—¡No hay tiempo para eso, muchacho! ¡Vámonos de una vez! Desde que estás aquí te has perdido muchas clases y ahora tendrás que recuperarlas.

—¡Ya lo has oído, chico! —dijo la enfermera jefe—. ¡Andando!

Mientras avanzaba por el reluciente suelo de la planta infantil, Tom iba mirando a ambos lados con el rabillo del ojo en busca de sus amigos.

Sally, Amber, George y Robin se despidieron de él en silencio diciendo adiós con la mano.

—La enfermera jefe me ha contado lo mal que te has portado desde que has llegado al hospital —dijo del señor Rancio.

Tom no contestó.

—¿Un club clandestino, nada menos? ¿Niños levantados a media noche? Has manchado la reputación de San Guijuela.

—Lo siento, señor.

—¡Con decir lo siento no basta, muchacho! —replicó el director—. ¡Tan pronto como volvamos al internado, recibirás un severo castigo!

—Gracias, señor.

—Adiós, chico —dijo la enfermera jefe—. Espero no tener la desgracia de volver a verte por aquí.

Tom volvió la cabeza y miró a sus amigos por última vez. Sally le sonrió, pero en ese instante el señor Rancio le tiró del brazo con fuerza y, en un visto y no visto, la gran puerta de vaivén se abrió y se cerró tras ellos. El director escoltó a Tom por el pasillo sin apartar la mano de su hombro. El chico se sentía como un preso fugado al que habían cogido para devolverlo a la cárcel.

Tenía que hacer algo.

Lo que fuera.

Sally merecía ver cumplido su sueño más que ninguno de ellos, y el tiempo se agotaba.

Iban hacia los ascensores. Tom sabía que, si quería escapar, tenía que darse prisa. De lo contrario, no tardaría en subirse al coche del director y emprender el largo viaje de vuelta a su internado de la campiña.

Al final del pasillo, Tom vio al sustituto del camillero con un gran carro de la lavandería. El hombre estaba metiendo bolsas de ropa sucia por una trampilla de la pared. Tom sabía que la trampilla daba a un larguísimo conducto que bajaba hasta el sótano del hospital. Un adulto no pasaría por él, pero un niño sí.

El nuevo camillero siguió adelante y Tom comprendió que aquella era su única oportunidad.

El chico forcejeó hasta zafarse del director y echó a correr por el pasillo.

—¡VUELVE AQUÍ, MUCHACHO!

—bramó Rancio.

—¡Adiós, señor! —dijo Tom justo antes de meterse de un salto en el conducto de la ropa sucia.

CAPÍTULO 43
COMO BOCA DE LOBO

—¡AAAAAAAAAAA-
YYYY! —chilló el chico mien-
se deslizaba a toda velocidad por
conducto. Había iniciado el des-
so en la última planta, y hasta lle-
al sótano del hospital había una
ra considerable. Cuarenta y cua-
plantas, nada menos. Allí dentro
ba oscuro como boca de lobo, y
comprendió que iba ganando
ocidad a un ritmo alarmante.
Al final del conducto, un pe-
ño cuadrado de luz se recorta-
en medio de la oscuridad.
El cuadrado se fue haciendo
a vez mayor, hasta que de
nto Tom salió del conducto
ayó al vacío.

–¡NOOO!

—gritó.

¡CATAPLUM!

El chico aterrizó en un enorme cesto lleno de bolsas de ropa sucia y suspiró de alivio por seguir con vida. Luego salió del cesto a trompicones y desapareció en la oscuridad del sótano.

Lo primero era buscar un lugar en el que esconderse.

El señor Rancio tal vez siguiera en la última planta, pero en menos que canta un gallo tendría a medio hospital pisándole los talones.

Tom pasó corriendo por delante de la lavandería.

Demasiado ruidosa.

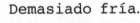

Luego dejó atrás la cámara de hipercongelación.

Demasiado fría.

Y, por último, pasó por delante del almacén.

Demasiado aterrador.

Se paró en seco y se quedó inmóvil unos instantes. A lo lejos se oían pasos. Sonaban cada vez **más cerca**. Quienquiera que estuviese allá abajo con él, no tardaría en darle alcance. A juzgar por el ruido, era todo un ejército.

La luz de las linternas de sus perseguidores rebotaba en las paredes.

Tom distinguió las siluetas de decenas de enfermeras viniendo en tromba hacia él.

Desesperado, intentó abrir una puerta.

Estaba cerrada con llave.

Probó suerte con la siguiente.

Cerrada.

Y con la siguiente.

Cerrada.

Las sombras se acercaban a pasos agigantados, y el chico sintió una punzada de pánico.

—¡Thomas! —Era la enfermera jefe, que había bajado a inspeccionar el sótano al frente de un pelo-

tón de enfermeras—. ¡Sabemos que estás aquí abajo!

—Ese granuja solo me da quebraderos de cabeza —dijo el director del internado, al que Tom apenas distinguió en la oscuridad, corriendo al lado de la enfermera jefe—. ¡CHARPER! ¡CHARPER!

Las sombras rebotaban en las paredes del sótano y se proyectaban en varias direcciones, con lo que parecía que aquel ejército atacaba a Tom desde todos los ángulos posibles.

El chico probó suerte con la última puerta.

¡CLIC!

La puerta se abrió.

Allí dentro reinaba una oscuridad impenetrable, y Tom tuvo miedo. Respiró hondo, entró y cerró la puerta a su espalda.

Ahora la oscuridad era tan densa que casi podía palparse.

Lo único que se oía era su propia respiración.

Y, sin embargo, tenía el presentimiento de que no estaba solo.

—¿Hola? —susurró—. ¿Hay alguien ahí?

Entre las sombras, el chico distinguió un par de ojos que lo miraban fijamente.

—¡AAARRRGGGHHH! —chilló.

CAPÍTULO 44

UN HOGAR

—¡**Chisss!** —dijo alguien. Ese alguien prendió una cerilla, y en el súbito resplandor Tom reconoció el inconfundible rostro del camillero. El chico suspiró de alivio al ver que se trataba de su amigo.

El camillero encendió una vela que esparció su luz vacilante por toda la habitación.

—¿Qué haces aquí abajo? —preguntó Tom.

—Vivo aquí —contestó el hombre, arrastrando las palabras—. Es mi hogar.

—Pero ¡yo creía que te habían echado!

—Y lo han hecho, pero no tenía adónde ir. Y tú, ¿qué haces aquí abajo?

—Esconderme —respondió el chico.

—¿De quién?

—Del director de mi escuela. De la enfermera jefe. De un ejército de enfermeras. De todo el mundo, en realidad. El director ha venido para llevarme de vuelta al internado, pero yo no quiero volver.

—Bueno, no puedes quedarte aquí abajo para siempre —le advirtió el camillero.

—Ya —repuso el chico. Había echado a correr sin pensarlo y empezaba a sospechar que, con su fuga, solo conseguiría buscarse más problemas—. ¿De verdad que vives aquí abajo?

—Así es, joven Thomas —contestó el hombre—. ¡Mira! —dijo, moviendo la vela en el aire para enseñarle la habitación—. Aquí no me falta de nada.

El camillero señaló un colchón de aspecto mugriento que ocupaba un rincón del almacén.

—Mi cama. Y aquí está la cocina.

Tom vio un pequeño camping gas y una pila de latas de comida a su lado.

—El armario.

El camillero señaló una gran caja de cartón de la que colgaban varias prendas arrugadas.

—Pero ¿por qué no tienes una casa como todo el mundo? —preguntó el chico.

El hombre soltó un profundo suspiro.

—Este hospital es mi casa. Vivo aquí desde que era un bebé. Por entonces, los médicos no se cansaban de operarme.

—¿Operarte?

—Sí, para intentar darme un aspecto «presentable». Pero ninguna de las operaciones salió bien del todo. He sido paciente de este hospital durante muchos años. Más tarde, cuando ya empezaba a ser demasiado mayor para seguir en la planta de pediatría, me ofrecieron un puesto de trabajo como camillero y acepté. Era un trabajo sencillo, que consistía en llevar cosas y personas de aquí para allá. Yo tenía dieciséis años, y desde entonces vivo aquí.

—Pero si tenías un trabajo, ¿por qué no buscaste un lugar en el que vivir?

—Lo intenté. Con la ayuda del ayuntamiento encontré un apartamento no demasiado lejos de aquí. Pero el problema es que a veces la gente no ve más allá de las apariencias, y yo les daba miedo. Me impedían vivir en paz. Los vecinos escribían cosas horribles en la puerta de mi casa, me dejaban cartas desagradables en el buzón para que me fuera. Decían que asustaba a sus hijos. Me gritaban por la calle. Me escupían. En una ocasión hasta azuzaron a un perro para que me atacara. Una noche, mientras dormía, un ladrillo entró volando por la ventana. Así que volví al hospital y busqué un escondrijo. Nadie sabe que vivo aquí abajo. Esto es mi hogar.

A Tom se le humedecieron los ojos. Se sentía triste, pero también arrepentido. Como tantas otras personas, había pensado lo peor del camillero basándose solo en su aspecto. El chico echó un buen vistazo a la fría y húmeda vivienda del camillero. Tal vez no fuera gran cosa, pero era un hogar. Mucho más de lo que él tenía. Dado que sus padres siempre estaban viajando y se habían desembarazado de él enviándolo a un internado, no había ningún sitio que el chico pudiera considerar su hogar.

—¡No es el Ritz, ya lo sé, pero por lo menos tenía el trabajo cerca! —bromeó el camillero, riendo para sus adentros—. Ahora que me han despedido, no sé adónde ir.

—Si yo tuviera un hogar, te invitaría a quedarte conmigo.

—Eres muy amable.

—Pero lamento decir que no tengo hogar.

—Dicen que el verdadero hogar está donde uno tiene a sus seres queridos. ¿Dónde están los tuyos, Tom?

El chico lo pensó unos segundos antes de contestar:

—Supongo que en la planta de pediatría. Pienso en Sally, sobre todo.

—Pobre angelito mío.

—No ha podido ver su sueño cumplido.

—No. ¿Y qué hay de tus padres?

—¿A qué te refieres?

—¿No los consideras tus seres queridos?

—No —respondió el chico sin pensarlo—. Por ellos, como si me parte un rayo.

—Estoy seguro de que te quieren mucho, los dos.

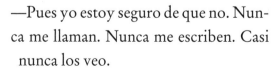

—Pues yo estoy seguro de que no. Nunca me llaman. Nunca me escriben. Casi nunca los veo.

—No me cabe duda de que se acuerdan de ti.

Tom no dijo nada.

—¡Menuda pareja hacemos! —comentó el camillero.

—Siento muchísimo que hayas perdido tu empleo —dijo Tom—. Todos los niños de la planta infantil lo sentimos mucho. Fíjate si lo sentimos que hasta nos hemos puesto a discutir sobre quién lo siente más.

—No me digas. Bueno, no os preocupéis por mí. Sabía a lo que me exponía ayudando al club de los Amigos de Medianoche. Ha valido la pena que me echaran.

—¿Estás seguro?

—¡Claro! Volvería a hacerlo sin dudarlo. Solo por ver las sonrisas de todos esos niños a lo largo de los años.

—Pero ¿no podríamos suplicarle al señor Peripuesto que te devolviera el...?

—**¡Chisss!** —lo interrumpió el camillero, señalando la puerta.

Tom aguzó el oído. Se oían pasos, y el traqueteo de las puertas metálicas al ser zarandeadas.

—¡Vienen a por mí! ¡Van a descubrirme! ¿Hay alguna otra salida?

—¡No!

—¡Estoy perdido!

—¡Tendremos que escondernos!

—¿Dónde?

—Tú métete en el armario y yo me esconderé debajo de la cama.

Tom se metió de un salto en la caja de cartón que hacía las veces de armario mientras el camillero se escurría debajo del colchón.

—¡La vela! —susurró Tom.

El camillero la apagó en el preciso instante en que la gran puerta metálica se abría de golpe.

¡CLONC!

Las linternas brillaron en la oscuridad, barriendo despacio la habitación.

Tom contuvo la respiración cuando la enfermera jefe y el director de San Guijuela entraron en el almacén, seguidos por un ejército de enfermeras con cara de malas pulgas.

—*Salid, salid, dondequiera que estéis...* —canturreó la mujer.

CAPÍTULO 45

UNA PALOMA ALICOJA

—Algo o alguien se esconde aquí dentro. Lo sé —susurró la enfermera jefe mientras alumbraba con su linterna los rincones más oscuros del almacén situado en el sótano del hospital.

—A mí me parece que aquí no hay más que trastos viejos —repuso el señor Rancio—. Sigamos adelante.

—No —se negó la mujer—. Este olor... —La mujer olfateó el aire cargado del almacén—. Me resulta extrañamente familiar.

Allí agachado en el armario del camillero Tom tuvo una sensación de lo más extraña, como si le estuvieran mordisqueando el dedo meñique de la mano. Cuando miró hacia abajo, sus sospechas se vieron confirmadas: una paloma le mordisqueaba de veras el dedo meñique.

Sin pensarlo, el chico sacudió la mano para espantarla, pero con el impulso la pobre paloma salió disparada, resbalando por el suelo.

¡CRUAAAJ!, graznó el pájaro.

—¡Aaarrrggghhh! —chilló la enfermera jefe.

—¡No es más que una paloma! —dijo el señor Rancio.

—Odio a esos bichos repugnantes. ¡Son como ratas con alas! Casi tan asquerosos como los niños.

—¿Podemos marcharnos ya? —preguntó el director.

—Sí —contestó la mujer—. Tengo que decirle al encargado de mantenimiento que mate a esa maldita alimaña de un tiro cuanto antes. Me encantaría venir yo misma con un cubo lleno de agua y ahogarla, pero por desgracia no tengo tiempo.

—Es una verdadera lástima —comentó el director—. Habría sido un placer.

—Me alegro de que comparta mi opinión, señor Rancio. Una pizca de crueldad siempre viene bien.

—Nada me gusta más. Yo trato con crueldad a mis alumnos del internado, pues eso me permite tenerlos completamente sometidos. Si algún familiar suyo les manda cartas, las quemo antes de que lleguen a sus manos. Los padres de Tom le escribían todas las semanas, pero ¡sus cartas iban directas al fuego, ja, ja, ja!

Tom no podía creerlo.

—¡Ooh, eso debe de darle mucho placer!

—Ya lo creo, enfermera jefe, ya lo creo. ¡No hay nada mejor que la sensación de poder absoluto!

—Los padres de Tom han estado llamando al hospital estos días, los muy idiotas, desesperados por tener noticias de su hijo, pero ¡yo siempre les cuelgo el teléfono! —reveló la enfermera jefe.

—¡Ja, ja, ja! Ese miserable insecto se merece todo lo que le pase. ¡No veo la hora de echarle el guante! ¡Menudo castigo le espera!

—¿Lo obligará a comer acelgas cada día durante un año entero?

—Hum... La comida en San Guijuela es bastante peor que eso.

—¿Lo obligará a lavarse con agua del váter?

—Eso ya lo hacen mis alumnos.

—¿Lo hará correr campo a través en calzoncillos?

—Hum... ¡Cuando esté nevando!

—¡Qué idea tan deliciosamente malvada, señor Rancio!

—Gracias, enfermera jefe. No hay tiempo que perder. ¡Debemos encontrar a ese muchacho cuanto antes!

—Será mejor que nos separemos. ¿Por qué no va usted a inspeccionar la cámara de ultracongelación, señor Rancio? Algunos de los niños estuvieron allí la otra noche.

—A sus órdenes, enfermera jefe.

—Mientras, yo iré a la sala de calderas. ¡No deje de avisarme si encuentra a esa pequeña sabandija!

—¡Lo haré, descuide!

La pareja dio media vuelta y se fue a grandes zancadas, seguida por las enfermeras, para proseguir la búsqueda.

Cuando sus pasos se alejaron, el camillero salió de debajo del colchón.

—¡Menudo par de ogros! —exclamó Tom, con el corazón latiéndole a toda velocidad.

—Están hechos el uno para el otro —repuso el camillero.

Luego encendió la vela, que volvió a alumbrar el almacén del sótano con su temblorosa llama. Para sorpresa de Tom, lo primero que hizo el hombre fue buscar a la paloma, que parecía un poco desorientada, y la recogió del suelo con delicadeza.

—Mira que hacerle eso a la Profesora Paloma... —dijo en susurros.

—¿La Profesora Paloma...? —repitió Tom, como si no acabara de creérselo.

—¡Sí! Se llama así porque es muy lista. Es mi mascota. Y mira, solo tiene un ala.

Tom miró hacia abajo. En efecto, allí donde debería estar la otra ala, solo había un muñón.

—¿Cómo la perdió? —preguntó el chico.

—Nació así. Su madre la echó del nido nada más salir del cascarón.

—Qué cruel.

—Así son los animales. Era la más débil de la nidada, supongo. Como yo.

Mientras hablaba, el camillero iba acariciando a su mascota, que **arrullaba** de felicidad.

—¿A qué te refieres? —preguntó Tom.

—Bueno, yo tenía pocas horas de vida cuando mi madre me abandonó a las puertas de este hospital.

—¡Cuánto lo siento!

—Me dejó aquí en plena noche, así que nadie llegó a verla siquiera.

—Entonces ¿no tienes ni idea de quién es tu madre?

—O era. No, pero se lo perdono. Y también la echo de menos, aunque no haya llegado a conocerla.

—¿Por qué te dejó aquí?

—Supongo que tenía la esperanza de que en el hospital supieran cuidar mejor de mí. Tal vez creyera que los médicos y enfermeras podrían ayudarme y hacer algo para remediar esto.

El camillero señaló su rostro desfigurado y se esforzó por sonreír.

—Lo siento mucho —dijo el chico.

—No lo sientas, joven Thomas. Sigo queriendo a mi madre, quienquiera que sea y esté donde esté.

Nadie quiso adoptarme, así que lord Milloneti, el fundador de este hospital, me dejó quedarme en la planta infantil. Era un buen hombre, no como ese individuo que lo ha sustituido.

—Amber me contó que el club de los Amigos de Medianoche se fundó hace muchos años en la planta de pediatría, y que ha ido pasando de generación en generación.

—Así es.

—Pero nadie sabe quién era el niño que fundó el club. ¿Lo sabes tú?

—Sí que lo sé —contestó el camillero, sonriendo misteriosamente.

—¿Quién era? —preguntó el chico, abriendo mucho los ojos de pura emoción.

—Yo —reveló el camillero—. Yo fundé el club de los Amigos de Medianoche.

—¡¿Tú?! —exclamó Tom. El chico no salía de su asombro.

—Sí, joven Thomas. ¡Yo! —le aseguró el hombre con su embrollada forma de hablar.

Estaban los dos sentados en el oscuro y húmedo almacén que el camillero consideraba su hogar, en el sótano del **HOSPITAL LORD MILLONETI**.

Tom sonrió.

—¡Eso lo explica todo! ¡Ahora entiendo por qué nos ayudaste!

—Bueno, llevo cincuenta y pico años ayudando a

los niños de la planta de pediatría a cumplir sus sueños.

—¿Y por qué fundaste el club de los Amigos de Medianoche?

—Por la misma razón por la que vosotros os apuntasteis a él. Me aburría. Lord Milloneti seguramente sospechaba que los niños salíamos por las noches en busca de aventuras, pero la felicidad de sus pacientes era lo más importante para él, así que hacía la vista gorda.

—¿Y cuál era tu sueño?

—Bueno, a veces los demás niños de la planta de pediatría se portaban mal conmigo. Me llamaban monstruo, niño elefante, la cosa...

—Eso debía de dolerte.

—Me dolía, pero los niños solo se muestran crueles con los demás cuando son desgraciados. Digamos que me hacían pagar por sus desgracias, tal como hacen la enfermera jefe y el director de tu internado, supongo. El caso es que no me dejaban olvidar mi aspecto ni por un segundo, así que soñaba con ser un príncipe apuesto y rescatar a una bella princesa.

—¿Y lo conseguiste? —preguntó el chico.

—Sí, en cierto sentido. Tendría unos diez años. Con la ayuda de los demás pacientes de la planta in-

fantil, construí un caballo con una escoba y unas cuantas mantas. Dos de los niños se metieron debajo de las mantas, uno delante y el otro detrás, y allá que me fui al galope, a salvar a la princesa que vivía encerrada en una torre. O mejor dicho, en lo alto del hueco de la escalera.

—¿Quién era la princesa?

—Se llamaba Rosie. Era una de las pacientes. Tenía once años. Era la chica más guapa que yo había visto en toda mi vida.

—¿Por qué estaba ingresada?

—Tenía problemas de corazón. Nunca olvidaré la noche que Rosie hizo de princesa para mí. Cuando la rescaté, me dio el primer y último beso de mi vida.

—¿Qué fue de ella?

El camillero pareció dudar.

—Pocos días después, su corazón dejó de latir. Los médicos y las enfermeras hicieron cuanto pudieron por salvarla, pero fue en vano.

El camillero agachó la cabeza. Aunque estaba hablando de algo que había ocurrido más de cincuenta años atrás, le dolía como si no hubiese pasado ni un día.

—Lo siento —dijo Tom. Alargó la mano y la posó sobre el hombro de su amigo.

—Gracias, joven Thomas. Rosie era buena conmigo. Le daba igual mi aspecto. Era capaz de ver más allá de la superficie. Tenía un corazón tan grande que no le cabía en el pecho, literalmente. Perder a Rosie me hizo comprender algo.

—¿El qué?

—Que la vida es un bien precioso. Que hay que aprovechar cada instante. Deberíamos ser amables con los demás mientras podemos.

CAPÍTULO 47

NADA ES IMPOSIBLE

Por unos instantes ninguno de los dos dijo nada, hasta que el camillero rompió el silencio que reinaba en el viejo almacén del sótano.

—Vamos a ver, joven Thomas, te vas a meter en un buen lío si te quedas aquí abajo un solo segundo más.

El hombre ofreció unas migas de pan a la Profesora Paloma. El ave las recogió y se fue dando saltitos hasta su nido, donde Tom vio varios huevos pequeñitos.

—¡Vas a tener bebés! —dijo el chico.

—¡Bueno, no son míos! —replicó el hombre entre risas—. Pero sí, la Profesora Paloma está a punto de convertirse en mamá. ¡Qué ganas tengo de ver a los polluelos saliendo del cascarón!

El camillero observó al chico unos instantes y luego añadió:

—Ya no queda ni rastro de ese chichón que tenías en la cabeza.

—Me sigue doliendo —mintió Tom.

—No soy tonto. Sé que engañaste al pobre doctor Pardillo para poder quedarte más tiempo en el hospital...

—¡Pero...!

—¡A mí no me engañas! Venga, vámonos arriba, a ver si encontramos al director de tu internado. Tienes que volver cuanto antes.

—¡No! —se negó Tom, desafiante.

Su reacción pilló al hombre desprevenido.

—¿Cómo que no?

—No a menos que el club de los Amigos de Medianoche se reúna para llevar a cabo una última misión.

El camillero negó con la cabeza, apenado.

—No puede ser, joven Thomas. Tenéis a todo el hospital pisándoos los talones. El club de los Amigos de Medianoche no puede volver a las andadas.

Tom no pensaba rendirse.

—Pero ¡tú mismo has dicho que la vida es un bien precioso! ¡Que hay que aprovechar cada instante!

—Lo sé, pero...

—Entonces tenemos que hacer realidad el sueño de Sally. Seamos amables con ella mientras podamos.

—Pero no esta noche, joven Thomas. ¡Es imposible! —replicó el camillero.

—¡Nada es imposible! Tiene que haber algún modo —dijo el chico, y acto seguido, revelando un don innato para el drama, se levantó y se fue hacia la puerta con aire decidido—. ¡Si no nos ayudas, allá tú! ¡Lo haremos sin ti!

Tom abrió la puerta. Cuando estaba a punto de salir, el camillero lo detuvo.

—¡Espera! —ordenó.

—Con la espalda vuelta hacia el hombre, el chico sonrió para sus adentros.

Sabía que el camillero había mordido el anzuelo. Ahora solo tenía que tirar despacito del sedal. Dio media vuelta.

—Solo por curiosidad —dijo el hombre—, ¿cuál es el sueño de la joven Sally?

Tom vaciló unos instantes. Sabía que lo que estaba a punto de decir era mucho más difícil que todo lo que el club de los Amigos de Medianoche había intentado hasta entonces.

—Sally quiere vivir una *vida plena y maravillosa...* en una sola noche.

CAPÍTULO 48

UNA AVENTURA DE LAS QUE HACEN HISTORIA

—A ver si lo entiendo, joven Thomas —dijo el camillero—. ¿Dices que la joven Sally quiere vivir toda una vida, setenta, ochenta años, quizá, en una sola noche?

—¡Exacto! ¡Se muere de ganas de probar todo lo que la vida puede ofrecer! —contestó Tom, tragando saliva. El chico sabía que aquel sería el sueño más difícil de cumplir al que se habría enfrentado nunca el club de los Amigos de Medianoche.

—¿Todo?

—Todo. Escucha, ya sé que suena descabellado, pero...

—Suena precioso —lo interrumpió el camillero. El hombre acarició a la paloma alicoja por última vez y luego la depositó en el suelo con delicadeza—. Vamos a necesitar un plan —añadió.

—¡Ya lo tengo! —exclamó el chico.

—¿Qué?

—Vamos a montar un pequeño espectáculo del que Sally será la protagonista.

—¿Y en qué consistirá ese espectáculo?

—Será como una serie de instantáneas, pequeñas escenas de lo que pasa en su vida. El primer beso...

—¿El primer trabajo?

—¡O incluso el primer hijo!

—¡Es una idea genial! —exclamó el camillero.

Tom se notó las mejillas ardiendo. Nadie le había dicho nunca que una idea suya fuera genial.

—Gracias —dijo.

—Estamos ante un gran sueño. Grande como la vida misma. ¡Inmenso! Necesitaremos toda clase de decorados, disfraces y demás.

—¡Ya lo creo! Son muchas las cosas que tenemos que buscar. Será mejor que nos pongamos manos a la obra cuanto antes.

—Y tendremos que hacer una lista con todos los posibles momentos especiales en la vida de Sally.

—Eso es.

—¡La última misión del club de los Amigos de Medianoche será espectacular! Vamos, Profesora Paloma —dijo el camillero, cogiendo el pájaro y metiéndolo en el bolsillo—. Nos espera una aventura de las que hacen historia.

CAPÍTULO 49
DOS PIES IZQUIERDOS

Ahora que Tom estaba oficialmente «en busca y captura» no solo por parte del hospital, sino también del internado, iba a resultarle muy difícil volver desde el sótano a la planta de pediatría. Cuarenta y cuatro pisos y cientos de pacientes, médicos y enfermeras separaban al chico de su destino.

—Como me vea alguien, todo se irá al garete —dijo.

—Lo sé —convino el camillero—. Tenemos que camuflarte.

Tom vio una vieja camilla oxidada en un rincón del almacén.

—¿Crees que podría hacerme pasar por un paciente muy enfermo? —preguntó—. Podrías taparme con una sábana y llevarme hasta la planta de pediatría. Nadie sabría que soy yo.

—Un plan excelente, joven Thomas... —dijo el camillero.

Tom estaba a punto de subirse de un salto a la camilla cuando el hombre añadió:

—Pero se te olvida un detalle. Un detalle importante.

—¿De qué se trata?

—El señor Peripuesto me despidió por lo que llamaremos «el incidente de la ancianita voladora», así que los dos tendremos que camuflarnos.

—¡Cachis, lo había olvidado! —exclamó el chico, abatido—. Tal vez sea mejor que intercambiemos los papeles.

—¿Qué quieres decir?

—¡Yo podría ser el médico y tú el paciente! Te taparíamos con una sábana.

—¡Tengo una aquí mismo! —dijo el camillero.

El hombre cogió una vieja sábana blanca, tan mugrienta que se había vuelto gris. La sacudió y una nube de polvo llenó el almacén del sótano. La polvareda era tal que empezaron a toser y resoplar los dos.

—¡Lo siento! —se disculpó el camillero—. Pero, joven Thomas, ¿cómo pretendes hacerte pasar por un adulto?

El chico era inusualmente bajo para su edad.

—Tiene que haber alguna manera de arreglarlo. Solo necesito parecer más alto. ¡Ojalá tuviera unos zancos!

—¡Tenemos algo incluso mejor!

El camillero se puso a rebuscar en un rincón de su guarida, descartando toda clase de objetos, seguramente desechos del hospital: guantes de goma, estetoscopios, botes para muestras, platos metálicos, tenacillas...; todos volaron por los aires hasta que finalmente encontró lo que estaba buscando.

Un par de prótesis de pierna. Estaban hechas de plástico y las usaban las personas que habían perdido una pierna a causa de una enfermedad o un accidente.

—¡Con este par de piernas, problema solucionado! —exclamó el camillero, tendiéndoselas a Tom.

Pero aquello no era exactamente un par de piernas.

El chico las examinó.

—Aquí hay dos pies izquierdos —afirmó.

—¿Quién va a fijarse? —replicó el camillero, muy seguro de sí—. Puedo prestarte un par de pantalones míos para taparlos.

—¡Vale, vamos a probarlos! —dijo Tom.

Poco después, tras comprobar que no había nadie en el pasillo, salieron los dos del almacén. El camillero había prestado a Tom sus pantalones más limpios, que por supuesto estaban cubiertos de roña. También encontró dos zapatos del pie izquierdo —desparejados, obviamente— para meter en ellos las prótesis de los pies. Uno era un zapato de cordones negro y el otro una zapatilla deportiva blanca.

Tom se había puesto una larga bata de médico y, para completar el disfraz, el camillero le había dibujado un bigote con hollín. El chico avanzó a duras penas por el pasillo empujando la vieja camilla oxidada, tambaleándose sobre sus nuevas piernas. Acostado en la camilla, debajo de la sábana polvo-

rienta, iba el camillero, más feliz que una perdiz porque, por una vez, no tenía que empujarla.

—¡A la planta de pediatría! ¡Rapidito! —ordenó
el hombre.

—¡Iré tan deprisa como me lo permitan las prótesis! —replicó el chico.

—**¡Esa voz más grave, por favor!**

—¿Qué?

—Si pretendes hacer creer a la gente que eres un
adulto, tendrás que hablar como tal.

Tom volvió a intentarlo, esta vez
impostando la voz:

**—¡Iré tan
deprisa como
me lo permitan
las prótesis!**

**—¡Ahora
ha sonado
demasiado
grave!**

El chico soltó un suspiro y lo intentó de nuevo:

—¡Iré tan deprisa como me lo permitan las prótesis!

—¡Perfecto! —dijo el camillero.

Tom se puso en marcha, pero a los pocos pasos tropezó, se fue hacia delante y empotró la camilla contra una pared. El camillero se golpeó la cabeza con fuerza.

—¡Ay!

—¡Lo siento! —se disculpó Tom.

—¡Por lo menos no tendré que fingir que me he hecho daño! —dijo el hombre.

Entre risas, se fueron tan deprisa como pudieron hacia los ascensores.

CAPÍTULO 50

POPPADOMS

—La enfermera jefe no va a caer otra vez en la trampa de las bolitas para dormir en los bombones —dijo Tom mientras subían en el ascensor.

—Lo sé —convino el camillero desde la camilla—. Por eso tenemos que hacer una parada imprevista.

Sacó la mano por debajo de la sábana y pulsó el botón **36**.

—¿Qué hay en esa planta? —preguntó Tom.

—La botica.

¡TILÍN!

Las puertas se abrieron en la planta 36.

Encaramado sobre aquellos «zancos», Tom se sentía como un cervatillo dando sus primeros pasos. Le costaba horrores mantener el equilibrio y se agarraba a la camilla como si le fuera la vida en ello. Era tarde, y el pasillo estaba desierto. Tapado por la sábana, el camillero dio instrucciones al chico.

—Dobla a la izquierda...

¡CATAPLÁN!

—Cuidado con el banco.

¡*PUMBA!*

—¡Y con el mostrador!

¡PAM!

—¡Frena cuando vayas a pasar por la puerta!

—¡Lo siento! —se excusó Tom. El chico no podía remediarlo. Le estaba costando lo suyo aprender a caminar sobre las prótesis de piernas.

—A ver, cuando lleguemos a la botica quiero que pidas una jeringa y cincuenta mililitros de anestesia intramuscular.

—¿Qué vas a hacer con eso?

—Dormir a la enfermera jefe hasta mañana.

—Pero ¡de cerca nadie creerá que soy un médico! —protestó Tom.

—No te preocupes. El viejo farmacéutico que trabaja por las noches en la botica del hospital está sordo como una tapia y no ve ni torta.

—¡Eso espero! —suspiró Tom.

—¡Venga, tenemos que darnos prisa! La botica queda un poco más adelante, a mano izquierda.

En ese instante, un paciente que iba en pijama y con todos los dedos vendados dobló la esquina y se dio de bruces con la camilla.

—¡AY! —gritó Raj.

—¡Lo siento mucho! —exclamó Tom, al borde de un ataque de pánico.

—¡Más grave! —susurró el camillero tapado por la sábana.

—¿Quién ha dicho eso? —preguntó Raj.

—**¡Ah, ha sido, aquí, mi paciente!** —contestó Tom, imitando la voz de un adulto—. **Dice que se encuentra peor de lo suyo, que es «más grave» de lo que creía...**

—Mmm... Oiga, doctor...

—¿Dónde ha visto a un médico? —preguntó Tom.

—Lo tengo delante. Es usted médico, ¿no? —preguntó Raj, perplejo.

—Ah, sí. Perdón. Lo había olvidado.

Por unos instantes, el quiosquero lo observó con desconfianza. Tom notó que las gotas de sudor corrían por su rostro.

—Verá, doctor, estaba buscando la planta de pediatría. Un joven cliente de mi quiosco, uno de mis cien clientes preferidos, para más señas, está ingresado allí.

—¡George! —exclamó Tom.

—¡El mismo! Anoche quedó en traerme un tentempié, pero no ha venido todavía. Y eso que solo le encargué cuatro cosillas: poppadoms, *bhajis* de cebolla, samosas, pollo al curry, patatas aloo chaat, langostinos tandoori masala, curry de verduras, pan naan con ajo, chapati, aloo gobi, matar paneer, tarka dhal, poppadoms...

—Ya había dicho poppadoms...

—Sí, lo sé, doctor. Quiero dos raciones de poppadoms. Con una no tengo ni para empezar. Y también *chutney* de mango, paneer masala, arroz pilau, bharta y rogan josh de cordero.

—¿Ya está?

—Sí. Eso creo. ¿He dicho poppadoms?

—Sí, ¡dos veces!

—Pues que sean tres raciones de poppadoms. Los poppadoms nunca sobran.

—¡Ya veo!

—¿Puede indicarme cómo llegar a la planta de pediatría?

—¡No dejes que suba! —susurró el camillero debajo de la sábana.

—¿Que suba el qué?—preguntó Raj.

—¡La fiebre! —contestó Tom—. Mi paciente está delirando.

El quiosquero parecía intrigado.

—Doctor, se lo ruego, dígame dónde está la planta de pediatría. Llevo horas dando vueltas por el hospital.

—¡Quítatelo de encima! —ordenó el camillero en susurros.

—¿Que se lo quite de encima? —repitió Raj—. ¿A qué se refiere?

—Al dolor, me pide que se lo quite de encima... El pobre está fatal.

El quiosquero observó la silueta tumbada en la camilla.

—¿Y no será que quiere que le quite la sábana de encima? —preguntó Raj.

—¡Nooo, nooo! —exclamó Tom—. La luz le molesta mucho, y la fiebre le da frío.

—Doctor, se lo suplico, ¿dónde está la planta de pediatría? —insistió Raj.

—Baje en el ascensor hasta la planta tres.

—¿Y luego?

—Luego avance por el pasillo hasta la otra punta del hospital.

—Ajá, ¿y luego...?

—Verá unas escaleras.

—Ajá...

—Suba un tramo.

—Ajá...

—Salga por la primera puerta que vea.

—Ajá...

—Doble a mano izquierda en la primera esquina.

—Ajá...

—Y a la derecha en la segunda.

—Ajá...

—Siga avanzando hasta el final del pasillo. Al fondo verá una puerta de doble hoja.

—Ajá...

—No le haga ni caso.

—Ajá...

—Doble a mano izquierda en la primera esquina.

—Ajá.

—¿Se acordará de todo esto?

—No, en absoluto.

Tom señaló el pasillo.

—Pues... por ahí.

—¡Gracias! —dijo Raj—. Me aseguraré de reservarle un trocito de poppadoms.

—¡Gracias, muy amable! —contestó el chico mientras veía cómo el pobre hombre se alejaba por el pasillo.

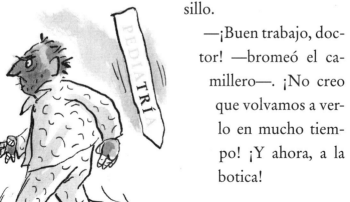

—¡Buen trabajo, doctor! —bromeó el camillero—. ¡No creo que volvamos a verlo en mucho tiempo! ¡Y ahora, a la botica!

CAPÍTULO 51

PROFUNDA DESCONFIANZA

Tom empujó la camilla por un pasillo al fondo del cual había una ventanilla por la que el farmacéutico servía las medicinas.

Al otro lado de una ventana corredera había un hombre de avanzada edad. El señor Merluzo, que llevaba un audífono y gruesas gafas de montura redonda, sorbía ruidosamente el contenido de una enorme taza de té.

Tom respiró hondo y se dirigió a él.

—Buenas noches...

—¡Más grave! —susurró el camillero desde su escondite.

El chico volvió a intentarlo:

—**Buenas noches** —repitió, impostando la voz.

El señor Merluzo no se inmutó.

—¡No se entera de nada! —susurró el chico.

—Se habrá olvidado de conectar el audífono —dedujo el camillero—. ¡Tendrás que gritar!

—¡BUENAS NOCHES! —dijo el chico a grito pelado.

—¡NO HACE FALTA QUE GRITE, DOCTOR! ¡NO ESTOY SORDO! —replicó el señor Merluzo, chillando también.

—¡Perdone!

—¿Cómo dice? —preguntó el anciano, ahuecando la mano en torno a la oreja.

—¡A lo mejor tendría usted que ajustar el volumen del audífono, señor Merluzo!

—¡No oigo ni una palabra! ¡Un segundo, que ajusto el volumen del audífono!

El señor Merluzo posó la taza de té y trasteó con el botón giratorio del aparato. Al ver que no pasaba nada, golpeó el audífono con los nudillos hasta que este se encendió con un pitido.

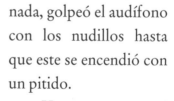

—Veamos, ¿en qué puedo ayudarlo, doctor? —preguntó el señor Merluzo.

Tom sonrió. El plan estaba en marcha.

—Quisiera una jerin-

ga y cincuenta litros de anestesia intramuscular, si es tan amable.

El señor Merluzo se lo quedó mirando con los ojos como platos.

—¿Para qué quiere usted tamaña cantidad de anestesia? ¿Acaso piensa dormir a un hipopótamo?

—¡Mililitros! —dijo el camillero en susurros.

—¿Quién ha dicho eso? —preguntó el señor Merluzo.

—Ha sido mi paciente —contestó el chico.

—¿Y cómo es que su paciente sabe mejor que usted la cantidad de anestesia que necesita? ¡Se supone que es usted el médico!

El chico lo pensó unos instantes.

—Verá, mi paciente está un poco... el término médico correcto es «chalado». El pobre se cree que es médico, ¡sufre de delirios!

—Eso no explica que sepa la dosis correcta —replicó el anciano.

El señor Merluzo había puesto el dedo en la llaga.

—Bueno —se justificó Tom, cada vez más nervioso—, mi paciente se toma tan en serio sus desvaríos que se ha convertido en un médico extraordinario. De hecho, voy a llevarlo al quirófano ahora mismo.

—¿Para qué?

—Para que opere a otro paciente. Por eso necesitamos la anestesia.

El señor Merluzo no salía de su asombro.

—Y yo que creía que lo había visto todo... Marchando cincuenta mililitros de anestesia intramuscular.

El hombre se levantó del taburete y se dirigió a la parte trasera de la botica.

—Muy bien —aplaudió el camillero.

—Querrás decir «Muy bien, doctor»... —bromeó el chico.

—¡No te hagas el chulito conmigo, joven Thomas!

Cuando el señor Merluzo regresaba con la jeringa llena de anestesia, tropezó y la dejó caer sobre el mostrador. La jeringa echó a rodar, el hombre se abalanzó hacia delante y la cogió justo cuando estaba a punto de caer hacia el otro lado del mostrador. Y entonces se fijó en los pies de Tom.

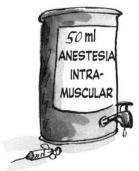

—¡Tiene usted dos pies izquierdos! —señaló el señor Merluzo.

—Así es —repuso el chico—. La mayor parte de las personas solo tienen un pie izquierdo, pero yo me considero afortunado por tener dos.

—¡Jamás había oído nada parecido! —exclamó el boticario.

—Bueno, tal vez no sea el mejor bailarín del mundo, pero mis pies nunca me han impedido llevar una vida normal. Muchas gracias.

El señor Merluzo lo observaba fijamente a través de las gruesas lentes con cara de profunda desconfianza.

—Tiene que firmarme aquí —farfulló el boticario, dejando un impreso sobre el mostrador.

—Gracias —dijo el chico—. ¿Me presta un bolígrafo?

El hombre negó con la cabeza.

—¡Otro médico sin bolígrafo!

El señor Merluzo sacó un boli del bolsillo superior de su bata de laboratorio.

—¡Ni se le ocurra quedárselo!

El bolígrafo rodó sobre el mostrador y cayó al suelo. El chico se inclinó para cogerlo, y al hacerlo perdió el equilibrio.

–¡Arrrggghhh!

¡CATAPUMBA!

Tom quedó despatarrado en el suelo mientras las prótesis de las piernas saltaban por los aires.

El señor Merluzo contemplaba la escena asombrado.

—¡Se le han caído las piernas! —exclamó.

—Sí, ya no las necesito —dijo el chico—. Si sabe usted de alguien que las quiera, no dude en dárselas.

—¡Tú no eres un médico, sino un niño! —afirmó el boticario—. ¡Debes de ser el chico al que todo el mundo anda buscando!

—¡Claro que es un médico! —aseguró el camillero, tapado por la sábana—. ¡Igual que yo!

—¡A saber qué andáis tramando! —vociferó el señor Merluzo—. ¡Voy a llamar a seguridad!

Tom cogió la camilla y echó a correr por el pasillo como un poseso, atravesando la puerta de vaivén con un tremendo

¡PAM!

—¡Habrá que darse prisa! —dijo el camillero—. ¿Has cogido la jeringa?

—Sí —contestó el chico—. ¿Qué vamos a hacer con ella?

—Muy sencillo: ¡clavarla en el trasero de la enfermera jefe!

CAPÍTULO 52

UN DOLOR EN EL TRASERO

¡TILÍN!

El ascensor se abrió al llegar a la planta 44. Un poco más allá se alzaba la enorme puerta de vaivén por la que se accedía a la planta de pediatría.

—¿Cómo vamos a clavarle esto en el trasero a la enfermera jefe? —preguntó el chico, que sostenía la jeringa llena de anestesia y empujaba la camilla tratando de hacer el menor ruido posible—. No creo que haya manera de pillarla desprevenida.

—¡Tenemos que aprovechar el elemento sorpresa, joven Thomas! —contestó el camillero. El hombre sacó la cabeza por encima de la sábana mugrienta que cubría la camilla—. No podemos dejar que nos vea llegar, o estaremos **PERDIDOS**.

—Tenemos la camilla, que nos puede dar algo de velocidad —apuntó Tom, pensando en voz alta.

—Cierto. En un mundo ideal, podríamos hacer

que la enfermera jefe se inclinara hacia delante, dándonos la espalda.

Tom detuvo la camilla. Ahora estaban a tan solo unos pasos de la puerta.

—¡Tengo una idea! —exclamó el chico, eufórico—. ¿Sigues llevando a la Profesora Paloma en el bolsillo?

—Sí, por supuesto —contestó el camillero—. Va a acompañarnos en esta aventura.

—¡Bien! Podríamos soltarla en la planta infantil. Seguro que se pondrá a corretear de aquí para allá, y eso distraerá a la enfermera jefe. ¡Ya la has oído: odia a las palomas!

—Es un plan genial, joven Thomas. Sencillamente genial.

Tom y el camillero avanzaron a gatas por el pasillo que conducía a la planta de pediatría. El chico

abrió ligeramente una de las hojas de la gran puerta de vaivén. A través de los ventanales vio la esfera resplandeciente del Big Ben y comprobó que solo quedaban unos minutos para la medianoche.

Tom espió el interior de la planta por la rendija de la puerta. Todas las luces estaban apagadas y los niños dormían en sus camas. Tom reconoció las siluetas de George, Amber y Robin. Sin embargo, no pudo distinguir con claridad la cama de Sally, pues quedaba en el extremo opuesto. Del despacho de la enfermera jefe salía un tenue resplandor. La mujer estaba sentada, recta como un palo de escoba, al otro lado de la mampara de cristal, escudriñando la oscuridad en busca de la menor señal de movimiento.

El camillero hurgó en el bolsillo y sacó a su mascota. Tom abrió un poquitín más la puerta para que el ave pudiera colarse en la planta infantil. Sin em-

bargo, la Profesora Paloma no parecía demasiado interesada en entrar. Tal vez no quisiera separarse de su amo. El caso es que la criatura no movió ni una pluma, así que el camillero la cogió y la depositó al otro lado de la puerta. De poco sirvió, eso sí, pues en lugar de adentrarse en la sala, la fiel mascota se quedó merodeando cerca de la puerta, picoteando algo del suelo.

—¡Ánimo, Profesora Paloma! ¡Vamos, adelante! —la animó el hombre.

Pero el pájaro seguía sin moverse. Estaba claro que no aspiraba a ganar ningún concurso televisivo para mascotas con habilidades especiales. Y era una lástima, porque al tener una sola ala la Profesora Paloma hubiera partido con cierta ventaja.

—¡Fuera! ¡Largo de aquí! —le ordenó. Pero la paloma seguía inmóvil como una estatua.

A su dueño no le quedó más remedio que cruzar gateando la puerta entreabierta. Desde allí ahuyentó a la paloma con la mano para que se adentrara más en la sala y se acercara al despacho de la enfermera jefe, que quedaba al fondo.

En medio del silencio, se oyó una voz atronadora.

—¿QUIÉN ANDA AHÍ?

Era la enfermera jefe. Había visto al camillero. El plan se venía abajo por momentos.

Tom no tenía ni un segundo que perder.

Por la rendija de la puerta vio a la mujer saliendo de su despacho, así que retrocedió para coger impulso, empujó la camilla con todas sus fuerzas y se subió en marcha con la jeringa en la mano.

¡PAM!

La camilla cruzó la puerta de vaivén con gran estruendo.

Al fondo, Tom distinguió el trasero perfectamente redondo de la enfermera jefe. La mujer estaba inclinada hacia abajo, tratando de levantar al camillero del suelo.

—¡Tú tenías que ser! ¡Levántate de una vez, alimaña repugnante! Quiero que te vayas de aquí ahora mismo, ¿me oyes? ¡AHORA MISMO!

Y entonces, elevándose más allá de su redondo trasero, surgió la cabeza de la enfermera jefe, seguramente alertada por el chirrido de las ruedas de la camilla.

¡ÑIII, ÑIII, ÑIII!

—¿Thomas...? —alcanzó a gritar.

Pero era demasiado tarde.

La jeringa se hundió en su trasero.

—¡AAAY! —chilló la mujer.

En ese momento Tom empujó el émbolo de la jeringa, introduciendo la anestesia en su cuerpo.

La espalda de la enfermera jefe se tensó de repente.

Y al instante...

¡PUMBA!

La mujer se desplomó en el suelo, soltando sonoros ronquidos:

—¡JJJJJRRRRRR!... PFFf...
¡JJJJJRRRRRR!... PFFF...

Mientras tanto, Amber, George y Robin se habían levantado de la cama y observaban a su enemiga, que yacía despatarrada en el suelo. La enfermera jefe, siempre tan impecable, no ofrecía un aspecto demasiado digno. Tenía los brazos y piernas abiertos como los de una estrella de mar, y de su boca manaba un reguero de babas.

—¡Vamos allá, club de los Amigos de Medianoche, ha llegado la hora de ponerse manos a la obra! —anunció Tom—. ¿Dónde está Sally? ¿Sally?

Amber guardó silencio mientras él miraba la cama de Sally.

Estaba vacía.

Tom miró a los otros chicos en busca de una explicación. Sus caras de tristeza hablaban por sí solas.

—¿Qué ha pasado? —preguntó el chico—. ¿Dónde está Sally?

—Mientras tú andabas desaparecido, Tom —empezó Amber—, la pobre Sally ha sufrido una recaída.

—¡Oh, no! —dijo el chico. Con toda la emoción de su plan, había olvidado lo enferma que estaba la pequeña.

—Así que la han llevado a la planta de aislamiento —añadió Robin.

—¿Y qué pasa con su sueño? —quiso saber Tom.

Los demás negaron con la cabeza.

—Esta noche no, Tom —repuso Amber—. No podemos.

—Lo siento, Tom —dijo George, posando una mano en el hombro de su amigo.

—Por lo menos lo hemos intentado —murmuró el camillero—. Pero me temo que es el fin.

Se hizo el silencio en la planta de pediatría.

¡TALÁN!

El Big Ben empezó a dar las doce.

¡TALÁN!

Todo el club oía las campanadas...

¡TALÁN!

... con los ojos clavados en el suelo.

¡TALÁN!

El tiempo se agotaba.

¡TALÁN!

A toda prisa.

¡TALÁN!

La ocasión se les estaba escapando entre los dedos.

¡TALÁN!

¡Tenían que hacer algo!

¡TALÁN!

¡Por Sally!

¡TALÁN!

La pequeña merecía ver su sueño hecho realidad...

¡TALÁN!

... más que ninguno de ellos.

¡TALÁN!

¡Tenía que haber algún modo!

¡TALÁN!

Justo después de que sonara la última campanada,
Tom rompió el silencio:

—Os equivocáis —dijo.

CAPÍTULO 54
JUNTOS

—Menuda nos espera... —murmuró Robin.

—¡Adelante, sácanos de nuestro error! —le retó Amber en tono sarcástico. No estaba acostumbrada a que le llevaran la contraria.

—Si han trasladado a Sally a una planta de aislamiento, razón de más para que lo hagamos esta noche —señaló Tom—. Una vez le hice una promesa y no la cumplí. No puedo volver a fallarle.

—Pero ¡si la han llevado a la planta de aislamiento, Tom —replicó Amber—, es porque está muy enferma!

—Dejemos que Sally decida si está o no en condiciones de hacerlo —propuso él—. Escuchad, todos nosotros sabemos que antes o después nos curaremos. Robin, tú volverás a ver. Amber, tus brazos y piernas se pondrán bien. La operación de George ha sido un éxito, aunque no deberías comer tantos bombones.

—¡Lo sé! —replicó el chico—. A partir de hoy me limitaré a una sola lata al día.

Tom sonrió, aunque George lo decía completamente en serio.

—Sally no sabe cuándo se pondrá bien. Ella misma nos lo ha dicho. El que la hayan enviado a una planta de aislamiento me da miedo. Solo puede querer decir que ha empeorado. ¡Tenemos que hacer que su sueño se cumpla esta noche!

—El chico tiene razón —opinó el camillero.

—Sí, sí, sí... —dijo Amber, hablando en su nombre y en el de sus dos compañeros—, pero ese sueño suyo de vivir las experiencias de toda una vida, es tan...

—¿Grande? —sugirió George.

—¡Sí! —contestó ella—. El club de los Amigos de Medianoche ha hecho cosas fantásticas. Todos lo hemos pasado muy bien...

—Yo no llegué a volar —refunfuñó George.

—Vaya, siempre tiene que haber algún quejica —murmuró Robin.

—... pero para ella es mucho más que eso —continuó la chica.

—Por eso mismo tenemos que intentarlo —replicó Tom—. ¡Tenemos que darle la vida plena y maravillosa que se merece! ¡Venga! ¡Por favor! Juntos podemos hacerlo. Sé que podemos. Propongo que votemos. ¿Quién se apunta? ¡Levantad la mano!

El camillero y los dos chicos levantaron las manos. Todos miraban a Amber.

—Amber —dijo Tom—, ¿te apuntas?

—¡Por supuesto que me apunto! —contestó ella a gritos—. Pero ¡no puedo levantar la mano, por si lo habías olvidado!

—Muy bien, club de los Amigos de Medianoche —resolvió Tom—. ¡Puede que esta sea nuestra última aventura, así que vamos a dar la

CAMPANADA!

CAPÍTULO 55

ENTRE ALMOHADONES

Tom explicó a los demás cómo creía que podrían hacer realidad el sueño de Sally. Todos los miembros del club de los Amigos de Medianoche, incluido su fundador, aportaron también sus propias ideas.

A continuación el camillero guio a Amber, George y Robin hasta el quirófano para empezar a prepararlo todo. Mientras, Tom se fue hacia la planta de aislamiento para recoger a Sally. Aquello era tan emocionante que el corazón le latía como un caballo desbocado. Sin embargo, nada podía haberlo preparado para lo que estaba a punto de ver.

Después de agacharse para que no lo vieran las enfermeras al pasar por delante de su puesto, el chico pegó la cara a la mampara de cristal de la habitación de Sally. Una maraña de cables y tubos rodeaban su cama. La habitación estaba abarrotada de aparatos metálicos que pitaban y pantallas de ordenador que parpadeaban sin cesar y que servían para controlar el latido cardíaco, la presión arterial y la respiración. Perdida en medio de todas aquella parafernalia había una niña pequeña. La calvorota de Sally descansaba recostada entre varios almohadones. Tenía los ojos cerrados.

Tom no supo qué hacer. No quería despertarla. Se planteó ir en busca de los demás y decirles que era demasiado tarde para hacer realidad el sueño de Sally.

Justo cuando estaba a punto de dar media vuelta, la niña abrió los ojos. Una sonrisa afloró a sus labios al reconocer el rostro de su amigo. Con un leve gesto, lo invitó a entrar en la habitación.

Tom abrió la puerta tan despacio como pudo para no hacer ningún ruido que pudiera poner en alerta a la enfermera que estaba de guardia al final del pasillo. Una vez dentro, se acercó a la cama tímidamente.

Sally lo miró a los ojos y preguntó:

—¿Por qué has tardado tanto?

Tom sonrió.

¡Ya no había vuelta atrás!

CAPÍTULO 56

QUE NADIE DUERMA

El quirófano era una sala enorme y reluciente, con una gran mampara de cristal a un lado. Grandes focos colgados del techo arrojaban una luz tan deslumbrante que si los mirabas directamente te hacían los ojos chiribitas.

Tom empujó la camilla de Sally hasta el centro de la habitación.

—¡Qué ilusión! —exclamó la niña.

—Bien. Estamos a punto de empezar. ¿Todos listos? —preguntó Tom.

—¡Listos! —contestaron Amber, Robin y el camillero al unísono.

—¡No del todo! —añadió George, que trasteaba con algo—. Vale, ahora sí que sí.

—¿Has seleccionado la música, Robin? —preguntó Tom.

—¡Sí! —contestó el chico—. En cuanto suene, empezamos.

Mientras Robin ponía uno de sus cedés en el reproductor, los demás ocuparon sus respectivos puestos en el quirófano.

La música empezó a sonar. Era la inconfundible melodía del aria más famosa del mundo, el «Nessun Dorma» de Puccini, de la ópera *Turandot*.

Nessum dorma significa «que nadie duerma» en italiano, y como lema le iba de perlas al club de los Amigos de Medianoche. La letra decía lo siguiente:

¡Que nadie duerma!
¡Que nadie duerma!
También tú, princesa,
en tu fría estancia,
contemplas las estrellas
que tiemblan de amor y esperanza.

Parecía haber sido escrita para Sally. Era una pieza musical majestuosa, digna de acompañar los siguientes minutos, en los que se representaría toda una vida.

Desde su cama, Sally vio con asombro cómo los chicos se iban colocando a su alrededor en la sala de operaciones. Robin estaba de pie al fondo de la habitación, manejando un proyector de diapositivas. En cuanto oyó que empezaba su adorada aria de ópera, el chico accionó un interruptor y la máquina se encendió con un zumbido. La primera diapositiva se proyectó en la pared del quirófano que estaba justo delante de Sally.

Y ponía lo siguiente: **NOTAS DE FIN DE CURSO**.

—¡Oh, no! —exclamó Sally, y se le escapó una risita.

Entonces Tom le puso en la cabeza un birrete cuadrado de color negro que habían hecho con una caja de cereales. A continuación le dio una hoja de papel enrollada y envuelta con una cinta roja. Sally desenrolló el «certificado académico» y descubrió con gran alegría que había sacado sobresalientes en todas las asignaturas.

—¡Genial! —exclamó—. ¡Siempre he sabido que

NOTAS DE FIN DE CURSO

MATEMÁTICAS: 10
CIENCIAS: 10
LENGUA: 10

soy un genio! ¡Lo que pasa es que nadie más lo sabe todavía!

Luego Robin pulsó un botón para pasar a la siguiente diapositiva: **PRIMER COCHE**.

El camillero tendió un plato a Tom para que este se lo pasara a Sally. Lo habían pintado con un rotula-

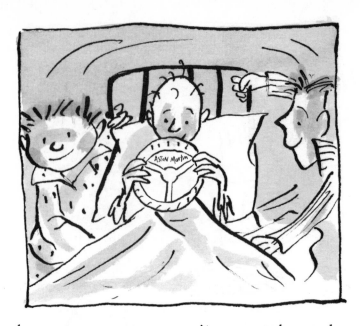

dor negro para que se pareciera a un volante y habían escrito en él las palabras «Aston Martin», la famosa marca de coches de lujo. Entre los dos empezaron a mover la cama de Sally por la habitación mientras la chica fingía conducir. Para dar la sensación de velocidad, George corría en dirección contraria sosteniendo pequeños abetos de plástico de los que se usan como arbolitos de Navidad decorativos.

Luego vino la tercera diapositiva: **EL PRIMER BESO**.

El camillero puso un ramo de flores en las manos de Tom y empujó al chico en la dirección de Sally.

Tom dio un respingo y le pasó las flores a George. Al parecer, este tampoco era demasiado aficionado a los besos, pues enseguida se las dio a Amber. Ni corta ni perezosa, la chica ordenó a Tom que acercara su silla de ruedas a la cama de Sally, y entonces ofreció las flores a su amiga y le plantó un beso en la mejilla.

Un capítulo de la vida de Sally llegaba a su fin y otro empezaba:

VACACIONES BAJO EL SOL.

El camillero cogió dos bandejas sacadas del comedor que George y Tom sujetaron a los pies de Sally usando cordel. Luego el camillero le tendió una cuerda con un mango en la punta. Al principio la

niña parecía no entender nada de lo que estaba pasando. Entonces ataron el otro extremo de la cuerda a la silla de ruedas de Amber y el camillero la empujó hacia delante, tirando así de Sally, que se deslizaba de pie sobre las bandejas.

¡Estaba haciendo esquí acuático!

La niña no pudo evitar reír al comprobar lo ingeniosos que eran sus amigos.

La siguiente diapositiva ponía: **EL DÍA DE TU BODA**.

Sally volvió a sentarse en la cama y Tom le puso sobre la cabeza un velo de novia hecho con una montaña de pañuelos de papel. George le devolvió el ramo de flores y la niña se convirtió al instante en una novia radiante en el día de su boda.

Entonces el camillero sacó un sombrero de copa negro, que en realidad era una papelera, para ponérselo al novio. Pero ¿con quién se casaría Sally esa noche?

El camillero le puso el sombrero a Tom, que se lo puso a George, que se lo puso a Robin, que no tenía nadie a quien ponérselo.

—¿Qué pasa aquí? —preguntó Robin.

—Te vas a casar —le reveló George.

—¿Con una chica? —dijo Robin.

—¡Sí!

—¡Ni hablar! —replicó Robin, quitándose el sombrero y devolviéndoselo a George, que lo puso sobre la cabeza de Amber.

—Parece ser que vas a casarte con Amber, Sally —anunció el camillero.

—¡Encantada de la vida! —contestó la niña.

El camillero entregó a Amber un gran anillo metálico que la chica introdujo en el dedo de Sally. No era de oro, le venía demasiado grande y se notaba que en realidad era un aro de cortina de la ducha, pero aun así una lágrima rodó por la mejilla de la niña. La boda tal vez no fuera real, pero la emoción sí lo era, desde luego. Tom y George sostenían bolsas de arroz que lanzaron a puñados sobre la feliz pareja. El camillero encendió y apagó las luces muy deprisa para imitar los destellos de una cámara. Era una foto de boda perfecta.

—¡**Decidme qué veis!** —pidió Robin, que se moría de ganas de saber qué pasaba.

—Sally está llorando —contestó Tom.

—¿De alegría o de tristeza?

—¡De alegría! —dijo ella, secándose las lágrimas.

Robin sonrió y pulsó el botón para pasar al siguiente capítulo: **EL PRIMER BEBÉ**.

Al ver esas palabras, Sally no pudo evitar que se le escapara la risa. ¿Cómo se las arreglarían sus amigos para ponerle un bebé entre los brazos? No lo habrían cogido «prestado» de la planta de maternidad, ¿verdad?... George se puso una cofia de enfermera y

entregó a la niña un bulto envuelto en una manta. Sally notó que algo se movía en su interior y, al apartar la manta, descubrió a la Profesora Paloma. El pájaro lucía un gorrito de bebé hecho con un guante de goma quirúrgico. Al verlo, Sally sonrió y le acarició la cabeza con ternura. La paloma empezó a arrullar.

El club de los Amigos de Medianoche estaba listo para escenificar el siguiente capítulo de la vida de Sally: **EL TRABAJO**.

Bajo las instrucciones del camillero, los chicos plantaron en medio de la habitación un biombo de hospital que habían pintado a imagen y semejanza del número 10 de Downing Street, famoso por ser la residencia del primer ministro británico. Lo pusieron detrás de Sally, que se reía entre dientes.

—¡Siempre supe que llegaría lejos!

En ese momento, el camillero colocó una corona sobre la cabeza de Amber. Estaba hecha con una tira de cartón y llevaba pegados por fuera caramelos con envoltorios brillantes y de colores vivos —blancos, verdes y rojos (la enfermera jefe se había comido todos los morados)— que hacían las veces de diamantes, esmeraldas y rubíes. Robin encendió y apagó el interruptor de la luz varias veces.

¡CLIC!

Era como el flash de una cámara que inmortalizara el momento en que la primera ministra conocía a la reina.

LOS NIETOS, ponía la siguiente diapositiva.

—¡¿Ya soy abuela?! —exclamó Sally mientras le ponían en las manos seis pequeños pichones que acababan de salir del cascarón, envueltos en una toalla. ¡La Profesora Paloma había sido mamá, así que Sally era abuela!

—¡Seis bebés! —exclamó la niña.

—¡Sextillizos! —confirmó Amber.

—¡Espero que no sean bebés de verdad! —intervino Robin.

—¡Son pichones! —le explicó Sally—. ¡Monísimos!

Mientras el «Nessun Dorma» iniciaba su emocionante *crescendo*, el club de los Amigos de Medianoche rodeó la cama de su amiga con los objetos y personajes de su vida. Amber volvió a ponerse la corona. George daba vueltas alrededor de la cama empujando la puerta del número 10 de Downing Street. El camillero cogió los seis pichones y tiró de la cuerda para que Sally pudiera volver a hacer esquí acuático.

El «Nessun Dorma» alcanzó su magnífico final y, mientras el tenor sostenía la última nota durante lo que parecía una eternidad, Sally se levantó con ayuda de sus amigos y se inclinó en una profunda reverencia.

—¡Esta es mi vida! —exclamó la niña.

Todo el grupo la aclamó.

—¡HURRA!

En ese instante, Tom creyó ver algo con el rabillo del ojo. Al otro lado de la gran mampara de cristal del quirófano se había congregado una pequeña multitud. El director del hospital, el señor Peripuesto, estaba en primera fila, y a su espalda había cerca de una docena de médicos y enfermeras que los observaban muy serios.

El camillero se percató de que algo había llamado la atención del chico.

—¿Qué pasa, Tom? —preguntó en susurros.

—¡Mira! —contestó el chico.

Siguiendo su mirada, el camillero, Amber, George y Sally vieron al grupo de personas que se apiñaban al otro lado del cristal.

—¡Ay, madre! —dijo Tom—. ¡Ahora sí que estamos perdidos!

CAPÍTULO 57

ARRANCARLE UNA SONRISA

Por unos instantes, y en medio de un silencio que no presagiaba nada bueno, los dos grupos se miraron fijamente a través del cristal que separaba el quirófano de la sala de observación.

Y entonces ocurrió algo totalmente inesperado.

El director del hospital, el señor Peripuesto, rompió a aplaudir. Los médicos y enfermeras a su espalda no tardaron en unírsele. A juzgar por sus expresiones, estaban profundamente conmovidos por lo que acababan de ver.

—¿Qué está pasando? —preguntó Robin.

—Al parecer, nos hemos librado de una buena —le dijo Tom.

El señor Peripuesto irrumpió en la habitación, seguido por su corte de médicos y enfermeras.

—¡Ha sido precioso! —exclamó el hombre—. ¡Impresionante!

—¡Gracias! —dijo Amber—. Ha sido casi todo idea mía.

Tom miró a George y al camillero poniendo los ojos en blanco.

—Bueno, jovencita, pues te doy mi más entusiasta enhorabuena. ¿Sabes qué ha sido lo más emocionante de todo?

—¿Verme manejando el proyector? —preguntó Robin.

El director, que no compartía la ironía del chico, le contestó muy en serio:

—No, jovencito, aunque debo decir que lo has hecho con mucha soltura. Lo verdaderamente maravilloso ha sido ver sonreír a esta pequeña paciente mía.

Dicho esto, dio unas torpes palmaditas en la cabeza de Sally. Hasta ese instante la niña había estado sonriendo, pero no le hizo ni pizca de gracia que aquel hombre, al que apenas conocía, la acariciara como a un perro.

—Todos los médicos y enfermeras, y en realidad todo el personal del **HOSPITAL LORD MILLONETI**, han dado lo mejor de sí para ayudar a la joven Susie...

—Sally —corrigió la niña.

—¿Estás segura? —preguntó el señor Peripuesto.

—Sí —contestó ella—. Me llamo Sally. Segurísimo. Imposible olvidarlo.

—Sally puede cambiarse el nombre si eso le sirve de ayuda, señor Peripuesto —sugirió Robin.

—No, no será necesario, muchacho —afirmó el director, sin pillar la ironía una vez más—. Pero si algo no hemos hecho nunca, ni nos hemos propuesto hacer siquiera, fue arrancarle una sonrisa.

—Muchas gracias, señor Peripuesto —dijo Amber, volviendo a colgarse la medalla ella sola—. Me llamo Amber, dicho sea de paso, por si está pensando en recomendar a alguien para la Orden del Imperio Británico...

—Señor Peripuesto, debería usted saber que no podríamos haberlo hecho sin este hombre —intervino Tom, abrazando al camillero con fuerza—. ¡El hombre al que usted despidió!

—Ya, ya... —murmuró el director—. Bueno, esa decisión me ha atormentado durante todo el día. Al fin y al cabo, fue el gran lord Milloneti en persona quien lo adoptó cuando no era más que un bebé.

El camillero sonrió.

—Se crio en este hospital —continuó el señor Peripuesto—. Y trabaja en él desde hace muchos años.

—¡Cuarenta y cuatro, para ser exactos! —puntualizó el camillero.

—¿De veras? Bueno, creo que podemos afirmar sin temor a equivocarnos que el **HOSPITAL LORD MILLONETI** es tu hogar. Siempre lo ha sido y siempre lo será. Ver la expresión de alegría en el rostro de Sally me ha hecho comprender que tal vez seas el mejor empleado que tiene este hospital. Tendrán ustedes que perdonarme, damas y caballeros, pero este hombre vale por un centenar de médicos y enfermeras.

Los profesionales sanitarios presentes en la sala refunfuñaron, indignados.

—Gracias, señor Peripuesto —dijo el camillero, todo orgulloso.

—En el hospital se nos da bien tratar las enfermedades y las heridas de los niños —continuó el director—, pero descuidamos su felicidad. Camillero... perdona, ¿cómo te llamas en realidad?

—No lo sé —contestó el hombre—. Nadie me ha dado un nombre.

—¿Qué? Pero ¿por qué? —El señor Peripuesto no salía de su asombro—. ¡Todo el mundo tiene un nombre!

—Mi madre me dio en adopción el mismo día que nací —explicó el camillero—, y como nadie me adoptó, supongo que en el hospital no atinaron a ponerme un nombre.

—¡Eso no está bien! —protestó Robin, y por una vez hablaba en serio.

—Tenemos que buscarte un nombre —dijo el señor Peripuesto—. ¿Hay alguno que te guste especialmente?

—¡Me gusta Thomas! —contestó el camillero.

Tom sonrió con timidez.

—¡Pues no se hable más! —zanjó el director—. Y no hace falta que te diga, Thomas, que tienes un puesto de trabajo asegurado de por vida aquí en el hospital. Eso sí, prométeme que no volverá a haber incidentes con ancianitas desnudas voladoras...

—Lo intentaré —respondió Thomas Sénior, sonriendo.

—Chicos, es muy tarde —dijo el señor Peripuesto, consultando el reloj de cadena dorado que llevaba en el chaleco—. Tenéis que volver a la cama enseguida.

—Sí, señor —murmuraron los niños.

—Dejad que llame a la enfermera jefe para que venga a recogeros —añadió el director.

—¡Oh, no! —exclamó Tom, casi delatándolos,

al recordar que la habían dejado despatarrada en el suelo como una estrella de mar—. Nuestro amigo, Thomas Sénior, puede acompañarnos arriba.

—Muy bien, pues en marcha. ¡Y no quiero volver a oíros en lo que queda de noche!

Thomas Sénior sonrió y empezó a empujar la camilla de Sally en dirección a la puerta del quirófano, seguido por los cuatro chicos.

—Esperad. Sally tiene que quedarse en la planta de aislamiento —ordenó el señor Peripuesto.

La noticia cayó como un jarro de agua fría entre los miembros del club.

—Pero yo no quiero quedarme aquí —protestó ella—. Quiero irme con mis amigos. Por favor.

El director parecía sentirse dividido. Quería que los médicos y enfermeras que lo rodeaban lo vieran tomando la decisión adecuada. La niña estaba enferma, y el hospital tenía el deber de cuidarla. Miró a su alrededor.

Se oyeron voces que murmuraban: «Que se quede con sus amigos», «Haga feliz a la chiquilla», «Concédale ese deseo».

—¡De acuerdo! —exclamó el director—. Sally, puedes volver a la planta de pediatría, pero solo por esta noche.

—¡BIEN! —exclamaron varias voces al unísono.

Todos los presentes celebraron la noticia.

—Pero quiero que apaguéis las luces enseguida. Lo que necesitáis, todos vosotros, es dormir toda la noche del tirón.

—Como si fuéramos capaces de hacer otra cosa, señor... —replicó Robin con una sonrisita maliciosa.

A las tres de la madrugada el club de los Amigos de Medianoche regresó por fin a la planta de pediatría.

Aunque la enfermera jefe siempre se había portado fatal con ellos, los chicos se sentían mal por haberla dejado inconsciente en el suelo. Así que, con la ayuda de Thomas Sénior, la tendieron sobre una de las camas para que durmiera más cómodamente toda la noche, y hasta la arroparon con las mantas. Después, Thomas Sénior se encaminó al despacho de la enfermera jefe para echar una cabezadita.

Mientas la mujer dormía a pierna suelta...

—¡JJJJJJRRRRRR!... PFFF... ¡JJJJJJRRRRRR!... PFFF...

... el club de los Amigos de Medianoche jugó a toda clase de juegos, compartió golosinas y contó historias. Luego el cansancio empezó a hacer mella en los chicos, y cuando George, Robin y Amber se quedaron dormidos, Sally se volvió hacia Tom.

—Gracias, Tom —dijo—. Has sido muy genero-
so cediéndome tu sueño.

—En eso se basa el club de los Amigos de Medianoche —contestó el chico—. En poner a tus amigos
por encima de todo lo demás.

—En ese caso, tú eres el mejor amigo del mundo.

—Gracias. Deberías intentar dormir.

—Es que quería preguntarte una cosa...

—¿El qué?

—¿Cuál habría sido tu sueño? El que hubieses pedido que se cumpliera.

—Ya sé que suena un poco bobo, sobre todo comparado con el tuyo, pero...

—¿Qué?

—Solo quiero ver a mis padres.

—Eso no suena nada bobo.

—Los echo mucho de menos.

—¿Dónde están?

—Lejos. En algún desierto. Cuando me escondí en el sótano, oí a la enfermera jefe diciendo que les había colgado el teléfono una y otra vez.

—¡¿Qué?!

—Y que el director del internado había quemado sus cartas.

—¿Cómo se puede ser tan cruel?

—Ya. Antes pensaba que no me querían, pero...

—Pero ahora sabes que sí te quieren.

—Eso espero, Sally. Solo quiero verlos.

—Y lo harás. Lo sé —dijo Sally con un brillo especial en la mirada. Al cabo de un instante, añadió—: Tengo que decirte que ha sido una noche maravillosa, Tom. Una aventura inolvidable.

—Me alegro. Te lo merecías. Eres muy especial. Pero ahora tienes que dormir un poco.

—No quiero. Quiero que esta noche dure para siempre.

Pero eso no era posible.

Nada puede durar para siempre.

Por más que todos los niños de la planta de pediatría desearan que el tiempo se detuviera para poder seguir viviendo aquel instante para siempre, la luz del sol ya empezaba a colarse por los ventanales.

La noche había llegado a su fin.

CAPÍTULO 59

¡ME DUELE EL POMPIS!

Con los primeros rayos de sol, el silencio llegó por fin a la planta de pediatría. Pero justo cuando Tom cerraba los ojos para intentar dormir un poco, una voz familiar resonó en la sala.

Era el señor Peripuesto.

—¡Enfermera jefe! —bramó—. ¿Qué hace usted en la cama?

Tom abrió un ojo.

—¡Despiértese! —gritó el director del hospital—. ¡No le pago para que se pase el día roncando!

La mujer se removió.

—¿Dónde estoy?

—¡En la cama!

—¿En mi casa?

—¡No, en el hospital!

—¿Estoy enferma? —preguntó. La anestesia que Tom le había inyectado debió de dejarla realmente fuera de combate—. ¡Me duele el pompis!

—¡No, no está usted enferma, pero más le valdría!

Los demás niños empezaron a despertarse. Apenas podían disimular su alegría al ver la bronca que le estaba cayendo a su archienemiga.

—Lo siento mucho, señor —dijo la mujer.

—¡Con disculparse no basta, enfermera jefe! No la quiero ni un minuto más al frente de la planta de pediatría. Hasta nueva orden, se dedicará usted a limpiar lavabos.

—Sí, señor. Lo siento, señor —le disculpó la enfermera jefe. La mujer se levantó de la cama con dificultad y se fue de la planta infantil a trompicones, con un pie calzado y el otro descalzo, frotándose la nalga dolorida.

Al ver que el señor Peripuesto se acercaba a su cama, Tom cerró los ojos y fingió dormir.

—¡Despierta, muchacho! Ha llegado el momento de que abandones este hospital.

El chico siguió como si nada, haciéndose el dormido. No quería irse de la planta de pediatría. Todavía no. O mejor dicho, nunca. Solo cuando notó el brusco pinchazo de un dedo en el brazo comprendió que no podía seguir fingiendo.

—No quiero volver a ese horrible internado, señor —suplicó el chico.

—En lo que a mí respecta, ningún problema. No es el director quien ha venido a recogerte.

—¿Ah, no? —El chico no imaginaba quién podía ser.

—No. Están aquí tus padres.

CAPÍTULO 60

COMO UN POLO OLVIDADO EN EL CONGELADOR

La gran puerta de vaivén se abrió de pronto y los padres de Tom entraron en la planta de pediatría.

—¡TOMMY! —exclamó su madre, abriendo los brazos. El chico corrió hacia ella.

La mujer lo cogió en brazos y le dio un enorme abrazo. A su padre no se le daba demasiado bien manifestar sus emociones, así que se limitó a darle una discreta palmadita en la espalda.

—Me alegro de verte, hijo mío —dijo.

Los padres de Tom estaban muy bronceados a causa del sol del desierto, y la ropa con la que iban vestidos era más apropiada para un clima caluroso. Saltaba a la vista que lo habían dejado todo para coger un avión.

—Una joven llamada Sally

nos llamó y nos dijo que deberíamos venir a verte —le explicó su madre.

—¡¿Sally?! —exclamó Tom.

—¡Sí! Una chica encantadora. Encontró nuestro número de teléfono entre los papeles de la enfermera jefe. Dijo que deberíamos venir cuanto antes. Tu padre y yo estábamos muy preocupados por ti.

—¡Esa de ahí es Sally! —dijo Tom, señalando el otro extremo de la sala.

—Buenos días, señores Charper —saludó Sally.

—¡Buenos días, cariño! —contestó la madre de Tom—. Tienes que venir a pasar unos días con nosotros.

—Eso me encantaría —dijo Tom.

—A mí también —añadió Sally.

—¡Esa **maldita mujer** nos colgaba cada vez que llamábamos al hospital para intentar hablar contigo! —se lamentó el padre de Tom—. No sabíamos nada de ti. La secretaria del internado nos avisó por teléfono cuando te hiciste daño en la cabeza con una pelota de críquet. Hemos llamado al hospital cientos de veces. ¿Cómo está ese chichón?

—Mucho mejor, papá. Gracias —contestó Tom con una sonrisa.

—Estupendo, estupendo.

—Mamá, papá, no tenía ni idea de que me habíais escrito.

—Todas las semanas sin falta te hemos enviado una carta a San Guijuela —dijo su madre—. ¿No te las han dado?

—No. Ni una.

—¿Cómo puede ser? —se preguntó el padre del chico.

—El señor Rancio, el director del internado, las quemaba todas.

El padre de Tom se puso hecho una furia.

—Si alguna vez vuelvo a ver a ese individuo...

—¡TRANQUILÍZA-TE, MALCOM! —le ordenó su mujer a gritos.

El padre de Tom respiró hondo varias veces, hasta que se le pasó un poco el enfado.

—Hijo mío, puedes estar seguro de que no volveremos a mandarte a esa horrible escuela —dijo el hombre.

—¡YUPI! —exclamó Tom.

—A partir de ahora viviremos los tres juntos —dijo su madre—. Como una familia de verdad.

—Vámonos, hijo —dijo el padre.

En ese momento, llegó Lupita con el carro del desayuno.

—¡Buenos días! ¡Buenos días! ¡Buenos días tengan todos!

«Perfecto —murmuró Tom para sus adentros—. Me perderé el desayuno.»

El chico corrió la cortina de su cama para cambiarse.

—¡Thomas! ¿Acaso vas a dejarnos? —preguntó Lupita.

—Sí, y lo siento muchísimo, pero no puedo quedarme a desayunar.

—¡Qué lástima! ¡Justo esta mañana, que tengo de todo en mi carrito!

—Apuesto a que sí. Tal vez en otro momento...

—Claro. Ah, y creo que he encontrado al director de tu internado, el señor Rancio —añadió Lupita.

—¿Cuándo? ¿Dónde? —preguntó Tom.

—Esta mañana. En la cámara de ultracongelación.

—¡¿Cómo?!

—Debió de quedarse allí encerrado por accidente.

—¡Anoche entró en la cámara para buscarme, ese ogro! ¡Le está bien empleado! —exclamó Tom—. ¿Y dónde está ahora?

—¡Aquí mismo! —reveló Lupita, apartando de pronto el mantel que cubría el carrito de los desayunos.

En efecto, allí estaba el señor Rancio, temblando de pies a cabeza y cubierto de escarcha, como un polo olvidado en el congelador desde el verano anterior.

¡S-o-c-o-o-o-r-r-o!... —farfulló el director del internado. Los dientes le castañeteaban con tanta fuerza que apenas podía articular palabra.

—Creo que debería llevarlo abajo para ver si los médicos y las enfermeras consiguen descongelarlo —dijo Lupita.

—No hay por qué correr... —replicó Tom con una sonrisa.

CAPÍTULO 61

UN BESO ESPECIAL

Thomas Sénior salió cojeando del despacho de la enfermera jefe. Se había quedado profundamente dormido tras las aventuras de la noche anterior y se tambaleaba un poco. Sin embargo, nada más ver al director del hospital en la planta de pediatría, se despertó de golpe.

—Oh, ejem, hum... ¡Buenos días, señor Peripuesto!

—¡Ah! Buenos días, Thomas Sénior.

—¿Está usted completamente seguro de que puedo conservar mi puesto de trabajo, señor?

—¡No! —contestó el director—. Lamento informarte de que he cambiado de opinión.

—Pero ¡anoche dijo usted que...! —protestó Tom.

—Aún no he acabado, muchacho —lo interrumpió el señor Peripuesto—. Al ver lo felices que haces a los niños, he decidido ofrecerte otro puesto de trabajo.

—¿De veras, señor?

—Sí. A partir de ahora, dirigirás la planta de pediatría. ¡Creo que tu título será «Doctor Diversión»!

—¡Viva! —exclamaron los niños al unísono.

—¡Oh, muchas gracias, señor Peripuesto! ¡Acepto encantado! —dijo Thomas Sénior.

Tom corrió a felicitar a su amigo bajo la mirada de sus padres. El chico rodeó con los brazos la cintura del recién nombrado Doctor Diversión.

—¡Cuánto me alegro por ti! —exclamó.

—¡Oh, gracias! —contestó el hombre mientras los demás chicos corrían también a abrazarlo. Amber lo tenía difícil con los brazos escayolados, pero se las arregló como pudo.

—Ah, y no creo que debas seguir durmiendo en el sótano del hospital —añadió el director.

—Tiene usted razón, señor —afirmó Thomas Sénior—. Lo siento, señor.

En ese momento, Lupita se le acercó.

—Si necesitas un lugar en el que quedarte, puedes dormir en mi sofá siempre que quieras.

—¿De veras? —preguntó Thomas Sénior.

—¡Claro!

—Eres muy amable. Nunca he tenido un hogar digno de ese nombre.

—¡Desayuno incluido! —añadió Lupita.

—Por lo general no desayuno —mintió el hombre—, pero gracias por ofrecerme tu sofá. Eso sería realmente maravilloso.

—Bueno, parece que muchas cosas han cambiado desde que llegaste aquí, muchacho —comentó el señor Peripuesto, dirigiéndose a Tom—, y todas para mejor. Debo decir que ha sido un verdadero placer tenerte en el **HOSPITAL LORD MILLONETI**, Tim.

—Me llamo Tom —corrigió el chico.

—¿Estás seguro?

—Bastante seguro, señor. Y gracias.

—¡Tendríamos que ir tirando, hijo! —dijo su padre desde el otro extremo de la sala.

—¡Dame un segundo, papá! —le pidió el chico—. Tengo que despedirme de mis amigos.

Primero se fue corriendo hacia la cama de Sally.

—Ya ves, al final tu sueño se ha hecho realidad, Tom —dijo la niña—. ¿Qué te había dicho?

Él sonrió.

—Todo gracias a ti, Sally. —El chico se volvió hacia sus amigos—. Voy a echaros mucho de menos a todos.

—Nosotros también te echaremos de menos —dijo George—. Aunque el lado positivo es que podré comer más bombones porque no tendré que compartirlos contigo.

—El club de los Amigos de Medianoche no será lo mismo sin ti —añadió Amber.

—Ojalá no tuvieras que irte, Tom —se lamentó Sally.

Tom acercó los labios a la calvorota de su amiga y le dio un beso.

—Lo siento, pero no me queda más remedio.

—¿Vendrás a visitarme al hospital? —preguntó Sally.

—Sí —contestó Tom.

—¿Me lo prometes?

—Te lo prometo. Y esta vez cumpliré mi palabra.

Los dos amigos intercambiaron una sonrisa.

—¡JA, JA, JA!

Todos se echaron a reír.

—¡Hasta la vista, chicos! —dijo Tom—. Me acordaré de vosotros a medianoche. Estemos donde estemos, hagamos lo que hagamos, podemos reunirnos en sueños y vivir aventuras increíbles.

El chico se encaminó a la puerta de vaivén, donde lo esperaban sus padres, a los que cogió de la mano con fuerza. Ahora que volvían a ser una familia, no pensaba volver a separarse de ellos.

Tom se volvió hacia atrás para echar un último vistazo a sus amigos y luego desapareció tras la puerta de vaivén.

EPÍLOGO

Instantes después, la gran puerta de la planta de pediatría volvió a abrirse de golpe y un hombre irrumpió en la sala. Vestía pijama y llevaba los dedos vendados.

—¡Vengo a quejarme! —anunció Raj con cara de pocos amigos.

—¿Qué ha pasado? —preguntó George.

—¡Sigo esperando mi cena!

—Pe-pe-pero...

—Te lo repito por si lo has olvidado: Poppadoms...

David Walliams

montena